突　变

〔墨西哥〕豪尔赫·科门萨尔 著
施杰 译

上海译文出版社

上 篇

你又有种煎熬的感觉
那填字游戏里有处笔误
因而无法解开

——罗萨里奥·卡斯特利亚诺斯

一

拉蒙站在镜前，张大嘴巴，像只在跟自己发狠的狒狒。他想看看喉咙，可他钟爱的蒙特霍饭店的洗手间灯光太暗，照不清那块地方。他只觉一阵急剧的火辣辣的痛，胆也在疼，但前者得是后者的大老倌表兄了。合上嘴的当儿，他就知道，这么一疼，他点的烤乳猪卷饼是吃不上了。他愤愤地整了整领带，把自己的映像抛在身后，迈出厕所。桌边的那位客户正在等他一同庆祝一场行政官司的胜诉。拉蒙叫来服务员，让他把卷饼打包，再给上盆酸橙汤。说话间，他舌头就很烦人地抽抽起来。他只得惜字如金，也对端上来的那盆凄凉的肉汤保持了宽容。

开吃之前，客户端起他那杯龙舌兰，提议为胜诉干杯。拉蒙则跟了句“干了”。他不曾想到，第二天早上醒来时，他的舌头就将彻底瘫痪，再也发不出这个幸福的词汇所必需的辅音。

他二十年的发妻卡梅拉听他讲出“喔尾巴又外额”这样的句子，就警觉起来，没像昨天一样给他喂勺咳嗽糖浆了事。她给他约了个急诊，约的家庭医生，就是每当他们未成年的子女马泰奥和保利娜重感冒或是要开病假的时候，她一直带去看诊的那一位。

“照您夫人跟我说的，”医生说，“可能我们是甲状腺里有点炎症了，您手脚痒吗？”

拉蒙摇了摇头。

“好的。那让我们来检查一下吧。”

耳鼻喉科医生拎出个头灯，用橡皮筋箍紧，在额头上戴好。

“来，我们把嘴张大大哈，”这医生习惯对付感冒的小孩了，说起话来过于快活，拉蒙只觉受到了侮辱，“对，就这样，很好。”

于是，那只狒狒又出现了，医生的压舌板刺激着它开放的咽门，每次碰到瘫痪处都会变得有如电击器一般。拉蒙感到有人在用冰镐凿他的舌头。他想到以前司法人员讯问犯罪嫌疑人时的场景，他知道，在那种情况下，只要能结束刑罚，他什么都会说的，无论是真话（他一直想干他小姨子安赫莉卡）还是假话（杀死路易斯·唐纳尔多·科洛西奥①的凶手就是他拉蒙）。可医生此时正在探寻的那个秘密却是他所无法坦白的。

“这回我们的炎症有点奇奇怪怪的，”医生抽出压舌板，总结道，“要不还是做个超声吧，仔细看看它是什么。”

医生又说，这种症状很可能是唾液腺结石导致的，有矿物质结石卡在哪条唾液导管里了，这才引起的感染。试图证实这个诊断又耽搁了三周。与此同时，这块推想中的结石还在不断长大，以一种罕见的速度引起舌炎。察觉到这点时，医生当机立断地把这位病人转诊到华金·阿尔达玛医生那儿，“一位经验丰富的肿瘤专家。”他说。

去看肿瘤医生这件事对拉蒙和卡梅拉的折磨之深，他们说不出口，二人只得默默承受着焦虑。尽管他们努力对预约在十二月

---

① 路易斯·唐纳尔多·科洛西奥，墨西哥政治家、经济学家、总统候选人，于1994年墨西哥总统竞选期间被暗杀。

四日的这次看诊抱持一种不在乎的态度，二人还是一致决定，什么都不对孩子说，那会儿正撞上考试周。马泰奥已经在念预科的最后一年了，保利娜则是第一年。当前者克服着他天生的懒惰、尽其所能争取通过他通常会挂掉的那四门课（数学、化学、物理和历史）时，后者则盼着能够考到优等，战胜学校里唯一的对手、骄傲的小个子赫苏斯·加林多。二人都在为各自的目标奋斗（虽然也没忘了手淫和唱K——他们各自的消遣），因而完全没有注意到父母的忧愁。

而此时在马丁内斯律师事务所，也就是拉蒙的事务所，积案越来越多。有些事只有他本人能解决，尤其是那些要用酒精润滑的。马里奥·恩里克·洛佩斯，射手座不动产中介公司的拥有者，他的习惯是，在做任何决定前先来半瓶朗姆酒。整个事务所的公共关系都完全仰仗着马丁内斯律师的魅力和口才，然而，他舌头的退化又在一步步摧毁这些特质。拉蒙听着自己的声音，只觉有个聋哑人强盗霸占了他的身体，而当他照镜子时，他遇见的是一张比以往臃肿的脸，苦涩地皱着眉，嘴里塞满糕饼。

既然无法像往常一样抬高音调，拉蒙便把汽车方向盘变成他发泄的对象，让他的汽车替他发声。他会将喇叭胡拍一气，这是为了催促那些在红绿灯前分心的司机、驱赶得了风湿的行人，或者只是为了在高峰时段把他的挫败感号出来。而他的喇叭畏畏缩缩又携带着浓重鼻音的声线还在残忍地提醒他，这不是他一直心心念念的大马力德国车，而是合成革座椅的四缸日系复制品。

十二月十五日，星期五，最煎熬的等待期结束了。一次痛苦的活检，他们用粗针抽取了他几毫米的舌头。在医院的地下室里，一群病理学家用各种抗原和染色剂分析那些细胞，借助显微镜揭示它的性质。报告已经送到肿瘤医生的诊室，此刻正在密闭的信封里躺着，等待医生跟患者解释。此前尚有几小时。

他们来早了，便在装点大厅的巨大鱼缸旁找了位子坐下。卡梅拉翻起一本杂志。拉蒙眼盯着鱼缸，考虑起他最近的旷工造成的影响。他想着，是不是得送个圣诞礼篮给客户了，回报他们的耐心以及对事务所的忠诚。拉蒙在善待客户这点上是很有一套的，他征服了他们，在谄媚和不恭间找到了一种平衡。除此之外，他本来也不是个虚伪的人，不喜欢贪污腐败什么的，也不好占人便宜；他总是严格遵守着一切可遵守的法律——当然了，无论是地方法规还是联邦法律都充斥着缺陷和漏洞，连品德最高尚的法学家也躲不过争议的。拉蒙确信，只要他的履历是干净的，这种健康问题——都是时运不济嘛——就不会使他的名誉受到贬损。

鱼缸让拉蒙暂时忘记了他的处境。十几条色彩斑斓的小鱼在石块和珊瑚上方巡游着。一场催眠的舞蹈。海里怎么就能有那么多种炫目的鱼呢？生物学家把它归结于自然的选择，一种缓慢的随机力，它逐步逐步地改造着所有动物的外形，叫巨大的恐龙变身成了毫无防御力的母鸡。每只烤鸡都在悲哀地提示着生命的回旋。

卡梅拉轻轻用胳膊肘顶了顶拉蒙，打断了他的思绪。

“看这，”她指着杂志上一对在城堡前摆着姿势的年轻小夫妻，“还记得不？”

拉蒙点头。他想起了他们的结婚旅行，去的是法国。卡梅拉往后翻了一页，上张照片里的两人又出现了，只不过现在是半裸着，在一艘游艇的甲板上晒太阳。根据照片下边写的，这是蜜月中的一对西班牙贵族。贵族，在拉蒙听来，就是种恶心的返祖现象。

拉蒙和卡梅拉是二十年前认识的，地点是在一张点心桌前。那是他念法律系时的朋友路易斯的生日派对，拉蒙一来就盯上了她。他手里端着杯自由古巴，等待着上前攀谈的机会。一见她抛下朋友，朝着点心桌过来了，拉蒙就发起了攻势。

"你尝没尝这个香肠玉米饼？"他用的是朋友的语气，要破除坚冰，最好就是通过"吃"了。

这里会有两种分支：她尝过饼了，也或者是没尝；在那个时代，素食主义者是极其罕见的，完全不用考虑。而从这两种分支中又会进一步细分出四种可能的回答：要她说她尝过了，还不错的，那接下来的求爱就可以更具侵略性；要她只说尝过了，再就没有后续了，拉蒙就得小心行事了；假如她没尝过，觉得还是不尝为妙，那么任务还是中止吧；但假设她是没尝过，正准备来尝一下，他离成功就不远了。拉蒙自信将一切可能的范畴都掌控在手了，却不料她是分开回答的：

"尝啦。香肠不错，玉米饼不行。"

"不会吧？"拉蒙不知所措了。

"嚼着跟口香糖似的。"卡梅拉解释道。

"不是，你等等啊，"他说话时带着些不悦的骄傲，"我这就再吃一个看看。”

“你看看吧。”说着，她转过身，走去了另一个角落。

拉蒙又成一个人了，端了个一次性碟子，上头堆满了玉米饼做的小吃。他走向了个战略位置，从那里，他见卡梅拉和两个女性朋友坐到了一起。他一边紧盯着她，一边把玉米饼塞进嘴里，认真咀嚼着。随后，他把盘子遗弃在了柜子上，朝卡梅拉所在的地方凑了过去。

“不好意思，”他插了进来，“我想说的是，你刚才的话太对了。要说那饼吧，一冷，吃着就不对了。实话说吧，那饼是我带来的……”

“啊，抱歉我不知道。”她说，同时也被这位男青年惊到了：这人来参加聚会，不带伏特加和冰袋，倒是带了盘玉米饼，真不嫌麻烦。

“不会啊，而且恰恰相反，还好你跟我说了。你是真心想不到它们刚做好的时候有多棒。之前我跟路易斯讲，顺便提一句，他和我是真的真的很好，我跟他说：‘放心吧，我会给你带全联邦区最好吃的玉米饼来的。’”

“这么厉害吗？”

“我可以在公证员面前签字发誓，”他说，“不过一定得是刚做好的。”

她同样也是干律师这行的，她的领导是个阴郁的公证员，他为玉米饼辩护时的那股认真劲儿逗得她哈哈大笑。面对卡梅拉毫不克制的笑声，拉蒙的战略土崩瓦解了，他惊愕于那对双滑索似的嘴唇、她优雅的齿骨、环绕她双眼的埃及式眼影；他只觉一团火熔化了他铅般的沉着，他不作声了，闪躲着视线，把目光藏到了地毯上的阿拉伯图案里，这会儿我该说点什么呢？可就在这时，她说：

“你这饼在哪儿买的？”

“这是秘密。”他一下清醒了。

“啊，这样啊？”

“我都不知道你叫什么呢。”

“卡门。你呢？”

从那一刻起，拉蒙不再磕巴了。他风趣而有魅力。他把搞笑的轶事和伪装成问题的马屁拼到了一起，又压制住了他标志性的唠叨。卡梅拉谈起了她对未来的规划，想当民事律师。她光彩照人。他太中意她了，以至于都不敢回去点心桌一趟，生怕失去她。尽管没吃没喝，他回去的时候，整个人都是陶醉的。

又到周一了，卡梅拉在公证处干着活呢，就收到束玫瑰，上头附着个名片，用的是优雅的印刷体：拉蒙·马丁内斯律师；下边点的地方则是手写的、从阿曼多·曼赞尔罗①那儿剽窃来的句子：我看见玫瑰更红更美了/因为我在想你。她不知道这句话的出处。可她也并没有觉得不舒服，虽说她的情感教育都是来自于像“蜜卡诺合唱团”和“涉嫌卷入”②这样的乐队，跟尤卡坦半岛的博莱罗舞曲恰好处在对跖点上。而当第二天拉蒙打电话给她、问她收没收到花时，卡梅拉害羞地说了句谢谢。随后，拉蒙就请

① 阿曼多·曼赞尔罗，墨西哥音乐家。下文歌词摘自其歌曲《想你》（*Pensando en ti*）。

② “蜜卡诺合唱团”和“涉嫌卷入”均为西班牙流行乐队。

她周五晚上出来吃饭了。她接受了。

拉蒙是准点到她家接她的；卡梅拉的母亲叫安东尼娅，她一开门，见来者不是个彬彬有礼的高格调青年，而是个印欧混血种。这位夫人属于中产阶级里最自负的那拨人，既然拉蒙的棕黑色皮肤跟她种族主义的预期不符了，便没让他进来。“稍等啊。”他未来的岳母说着，当着他的面关上了大门。于是他就只能在人行道上站着，等卡梅拉从她爸妈房子里出来，这时一对老夫妻踱进了候诊室，夹带着一种阴沉的迟缓。

两位老人熟稔地问候了阿尔达玛医生的秘书，依次坐在拉蒙和卡梅拉对过。见那位先生坐下来时既缓慢又小心的样子，拉蒙得出个推论，他得的是前列腺癌。这老东西，作孽啊，他同情地想着，得坐着尿了吧。我也得开始去看泌尿科了，我的前列腺肯定也开始大起来了，这太正常了。可叫人用手指捅进去这个……我可别爱上那种感觉。

跟卡梅拉一起等着看肿瘤医生的此刻，距离那个年轻的拉蒙可太遥远了；那会儿的他，见她身着套装从公证处出来，都会激动到不行呢。羞羞答答地约会了两个月之后，是她先说的“我们换个地方吧”。拉蒙把她带去了罗马区的一家小旅馆。两人在一间昏暗的套房的干净的被褥间干巴巴地脱光了，正当他以他二十八岁的迫切吻着她的那一刻，他听见阿尔达玛医生秘书刺耳的嗓音正在二十年后叫着他的名字，告诉他，终于轮到他了。

二

特蕾莎·德拉维加，精神分析医师，她的诊所就开在父母传给她的那栋老房子的紧隔壁。四十四岁时，她的乳腺被切除了，外加十四个淋巴结、乳头和乳晕。她深邃而直指人心的目光属于那些品尝过美丽与智慧的果实，却没有品尝过幸福果的人。她唯一的一次婚姻，那是十五年前的事了，终结于它的第十八个月，一是因为她丈夫，一位高度依赖药品的精神科医生，性格太偏执，除此之外，还要归因于特蕾莎的一段未熟的罗曼史，对方也是个精神科医生，比她家里那位更有天赋和魅力。他们没有孩子。

离婚后，特蕾莎仍旧会和那位情人秘密地会面，因为他也有家庭。有一次，当他激情地揉捏着她的胸部，她只觉有只手惊慌地缩了回去，就像沾到了虫子。情人继续着攻势，只是再没碰过那边乳头。为了快点结束，她装了波高潮，随后就去了卫生间。她对镜触摸着。当她感觉到了那个小小的、圆圆的硬物，她知道历史重演了：她的母亲和姐姐都得过乳腺癌。她对这种病的恐惧是如此之深，以至于都没有选择用经常的检查或拍片来监控它，而是避免着任何与她胸部的亲密接触。她从没想到，是一个男人有如越南面包师的双手让她不得不面对这场厄运：它的源头要远早于她母亲住院时的记忆，甚至可以追溯到以色列的希伯来部族。

特蕾莎降生的三千年前，在约旦河岸生活着我们的祖先，他们中有牧人、有纺婆、有战士和妓女，可无论他们是谁，基本的突变已经在发生中了，或许就是在《列王纪》时代的第二阶段、阿玛责雅或耶罗波安做王的日子里。

也许吧。

事情可能是这样的，某天早上，很平淡的一分钟，她正往水井去或是打那儿来，又或者她是在祈祷、织布，或是到了做饭的点儿了，就在这一刻，她的一个生发细胞开始准时分裂了。它成天都在抄写教义、它的律法书、基因的《托拉》，结果手一滑抄错了，就好比《出埃及记》的誊写员漏掉了二十章十三节的那个“不”，那条神诫就成了“可杀人”。

这种错误长期存续下来的可能性基本没有，因为真核细胞总有办法修复它的基因，哪怕坏到没法修了，它也会通过细胞凋亡，一种有规划的利他主义的死亡，来达成自杀的目的。然而，那个《圣经》上的笔误恰恰发生在用于禁止错误细胞增殖的段落里，那么后者就再也无法阻止它在身体帝国的心脏区域里联合起那些无政府主义的居民了。这里所涉及的那种基因被人用一九九〇年的科学语言记录了下来，了无生趣地定名为“乳腺癌易感基因 1”。它最初的突变就是忘记了那两个简单的字符，通常位于结构繁杂的基因末端附近的鸟嘌呤和腺嘌呤。这段错误的经文被长久流传了下来，这要感谢它的主人子孙兴旺、远及四海，其中之一便是墨西哥的这位年纪轻轻的精神分析师。

当尼布甲尼撒大帝征服犹大王国时，那位变异者已经子嗣繁多，他们中的许多人都被抓了起来，流亡到了巴比伦。那个错误的基因就是这样被播撒开来的：伊朗、埃及、伊比利亚、荷兰、保加利亚，要是你在爱琴海的塞法迪人[①]和纽约的阿什肯纳兹人[②]中寻找的话，每一百个遵守安息日的人里，你至少能找到一个携带那个笔误的。

可特蕾莎·德拉维加不是犹太人。她的父母是至今没有丝毫松懈的天主教徒，信奉瓜达卢佩圣母，民族主义者，甚至有不很清晰的反犹主义倾向。她从没想过她的家谱树里会有最早的卡斯蒂利亚犹太人、罗马时代的移民、不引人注目的城市居住者，他们对内战不感兴趣，无所谓做哥特人还是哈里发的臣民。他们一心工作，游离于他人之外。他们会读会写。他们内部通婚。他们颂扬财富、传统和突变。对他们的嫉妒日见成熟，终于在十五世纪结了果。他们成了罪人，罪名包括：杀害耶稣基督、繁荣兴盛、吞吃托莱多的幼童、使塞维利亚的处女着魔、焚烧耶稣受难像、高鼻梁、鸡奸、不吃火腿、和堕落天使路西法联手实施高利贷买卖。

希伯来历五二五二年[③]，来自卡斯蒂利亚和阿拉贡的双王决定将非基督徒扫地出门。他们给了犹太人四个月的时间，要么走，要么从此放弃犹太教。在这群可怜的改宗者中或许就有一位长寿的女性，她的名字叫做洛伦萨，索里亚居民，膝下有十一个子女，丈夫曼努埃尔已经过世。她就快满七十岁了，垂着头的奶子突然

---

① 塞法迪人指在15世纪被驱逐前祖籍伊比利半岛，遵守西班牙裔犹太人生活习惯的犹太人，是犹太教正统派的一支，约占犹太人总数的20%。

② 阿什肯纳兹人，源于中世纪德国莱茵兰一带的犹太人后裔。

③ 希伯来历又称为犹太历。纪年以《圣经》中的上帝开始创造世界的第一个星期日开始，犹太教徒认为是在公元前3760年。因此，这里的希伯来历5252年，即为公元1492年。

有了种灼烧感。又过了几周，火势蔓延到了腋下。洛伦萨去找了埃尔米尼亚·塔瓦雷斯，一位会施巫术的新基督徒，想看看她有没有镇痛消肿的法子。埃尔米尼亚以三个马拉维迪一次的价格答应给她施法，包准治好她的脓。

当她用那剂由大蒜和颠茄制成的药膏治疗起来的时候，癌症已经发生了脑转移。她有了偏头痛和幻觉。她在权当床铺的麦秆里翻找着刀子，想剁掉自己的脑袋。后来，主的天使就来鞭笞她了，因为她背叛了她的部族。于是她高喊着，又弃绝了那个假弥赛亚："可怜可怜我吧，我的主，请你免了我的罪。"

邻居们告到了宗教裁判所：那个偷信犹太教的女人被魔鬼附身啦，就那老婆子，真是罪大恶极，好在我主上帝已经惩罚她了，叫她长了个毒瘤子。于是，她的子女不得不把她运到了个远离城市的园子里，又堵住了她的嘴。埃尔米尼亚给她备了剂瞌睡药，好叫她冷静冷静。那年初冬她就过世了，被埋在了郊外的一棵椴树底下。埋她的时候，人们小声念起了犹太教的祷告。

洛伦萨一家都被标为了嫌疑人员，人见他们路过都会吐口水。洛伦萨的小儿子安东尼奥是第一个走的。他是二月到的加的斯。之前他从没到过海岸边。他觉得大海就像一片焚烧过的麦田。

三月头上，他登上了西印度船队中最穷的一艘大帆船，它是开往新西班牙的。据客店的人说，那儿的金银都跟萝卜似的，会从旱地里冒出来。他在公海上度过了四十天，额头上有几分热，肚子里有许多饿。他用纸牌打发着时间，看船队中最大的几艘稳稳地驶在前头，满帆向西，船侧水沫纷乱。就这样，他的幻想和满载他野心的那艘船，驶向了对血缘的遗忘。可船舷之上仍然载着他的精子——记忆与突变的浆液。

安东尼奥在韦拉克鲁斯的里卡镇登陆，坐着一辆木轮大车逃离了多灾多病的海岸，直奔首都而去。在辛苦奋斗了三年之后，他和一个印欧混血的女孩同居了，她父亲是阿斯图里亚斯人，母亲是墨西哥人。半个地球的身份都在这场基因的交会中消解了：犹地亚、阿斯图里亚斯、特斯科科。作为他们的第十三代子孙，特蕾莎的身体依然记得这一切。

她懒得走程序了，去看妇科医生实在没什么必要了。她找到了当时给她母亲看病的那位肿瘤医生的电话，打过去进行了预约。X 光的结果很明显：乳腺管里长了三个瘤，这些导管里还从未有乳汁流过。

在一次外科手术和十次放疗过后，特蕾莎又开始看诊了。在治疗过程中，她结识了好些不愿在疾病面前屈服的女性。她免费给她们做起了辅导，做着做着，她对癌症女患者的心理治疗就越来越精通了。从这个医院到那个医院都有人口口相传，特蕾莎在帮助那些因为癌症造成的女性特质的缺损而痛苦不堪的人。

也有男人开始求助于她。首先是个前食道癌患者，他活了下来，这会儿想在她的帮助下戒烟。第二位在被诊断出阴茎癌后曾经尝试自杀。第三位因为骨肉瘤失去了他的双胞胎兄弟。就这样，她患者的频谱不断扩大，也越来越多样化，甚至包括了儿童白血病以及由《豪斯医生》引发的疑病症。为了接受这些莫大的不幸，大部分患者都会想："为什么就轮到我了呢?"可特蕾莎在许多年前就把这个自恋的提问扔进了垃圾桶。她想把他们引向另一个方向，引向那些未竟的愿望，是它们在滋养着对死亡的恐惧。

三

卡梅拉一直在想，要怎么跟孩子们说呢，却没考虑到马泰奥已经十八了，保利娜也已经有十五岁。在千禧年之初，青春期就是自说自话地延长着的童年。被宠坏的孩子多到已经可以集结成军了，其中就包括了马泰奥和保利娜，尽管他俩已经通过不同的途径将无知换成了焦虑，把柔弱变成了粉刺。

“爸爸得的这个要比我们想象的更难办……他舌头上长了个瘤。倒霉的是，把它拿掉的唯一的办法就是手术，那就得……”

无比折磨人的停顿。

“就得怎样？”保利娜问。

“就得把舌头整个摘掉了。”卡梅拉说了下去，她哭了，“我们已经看过三个医生了，都说没别的办法，瘤的位置很不好，不完全切除的话风险就太大了。要能用放疗把它缩小点就好了……可没时间了，是不是？”

拉蒙一直魂不守舍地在盯着脚下的地毯。此刻他点点头。

“别逗了，”马泰奥说，“他们把拉法的胆囊取出来的时候不也就开了两个小洞嘛，换句话说，根本就没什么的。那这回怎么就不行呢？”

“这话我们也跟医生讲了，可就说是不行啊……”

“那你到时要怎么说话呢？”保利娜问她爸爸。拉蒙疲倦地看着她，他已经为这个未知数不眠不休地痛苦了很久了。

“有专门的语言治疗可以帮他的。”卡梅拉说。

“怎么帮啊？”保利娜道。

卡梅拉不知道该如何回答了。马泰奥又问：

“不能给他装个什么嘛，酷炫的，特殊塑料做的舌头什么的。”

拉蒙很烦他说话的方式，又吵又蠢，就像他成天听的那些废铜烂铁一般的音乐。“你要聋了！”他警告过他儿子好几次了，却万万没想到，他变成哑巴要远早于他儿子变成聋子。拉蒙尝试着不去想这些，因为他脑海中的那些悲惨的场景总让他后悔，怎么就接受外科手术了呢？这看似是个很简单的决定，要命或者不要，可在他身上就不同了，他是个体户律师，没有医保和养老金，除了口才和在法庭上对法律的驾驭就没有其他任何生产力了。为了压制住他的不安，他大晚上的打开了电视，把音量调到了特大。他儿子完全可以严正斥责他：“你要聋了！”而拉蒙则会充耳不闻，像个自评永远青春不朽的少年。

卡梅拉毫不犹豫地就告诉了艾洛迪娅——他们家的保姆，拉蒙得了舌头癌，很快就要住院去动那个很难动的手术了。艾洛迪娅立马就明白过来了，这是上帝在考验律师，要让他信教呢。

所以，当拉蒙下来吃早饭的时候，艾洛迪娅迎上去祝福他了，很有仪式感地对着他的脸缓慢地画了个十字。

他是个顽固的无神论者，可艾洛迪娅的虔诚他忍了，因为两人已经同谋已久了。当卡梅拉发现他们中有谁犯错了——毛巾挂歪了，桌上有污渍，或者台布皱了——他们中的任何一个都会为对方顶包，享受这种“家庭殉难者”的感觉。

艾洛迪娅比卡梅拉年轻六岁，拉蒙夫妇刚搬进他们第一个家，就立马雇了她。当艾洛迪娅怀上园丁的孩子时，卡梅拉曾经劝她去堕胎。

“夫人，犯罪的是我，不是孩子。”听到杀婴的建议，艾洛迪娅感到很愤慨。

“这事谁都没错，可你太年轻了，还当不了妈妈的。”

“圣母怀上耶稣的时候也就十五岁。您能想象圣约瑟说‘这不是我儿子，到诊所拿掉吧’？要我们好好想想的话，真不该那样儿。”

怀孕第六个月时，艾洛迪娅和园丁萨尔瓦多在男方的老家、阿特拉科穆尔科结了婚。事实证明，这是个靠不住的丈夫，喜欢喝酒干架，还在外面找女人。艾洛迪娅戴着婚姻的枷锁生活了整整十年，直到有一天，萨尔瓦多“一个不当心”把她打得失去了意识。

看到她青一块紫一块的脸、牙齿都掉了，拉蒙感到了一阵苦涩的急于复仇的渴望。他向她保证，他会全权负责的，叫那罪犯再不敢踏进这个家门一步。他去找了他在检察官那儿的熟人，带了个装满钞票的信封去，叫他们主持正义。“捏爆他的蛋。”拉蒙明确了他的诉求。无论是艾洛迪娅还是新区的花园都再没见过那个人。

几年后的一天早上，拉蒙见艾洛迪娅在厨房里哭。说是她老家来电话了，她得了肾病的母亲已经起不来床了。

“他们说她腿肿了，得把血洗干净，就是得花很大一笔钱。”

拉蒙刚换了车，又买了机票，准备全家一起去加州旅游的。

“把她接来墨西哥吧，”他道，把私心强咽了下去，“这钱我来付。”

就这样，拉蒙成了一位糖尿病老太的供养者。凭借着一周两次的透析和十几种专利药，老太又活了十一个月。把遗体运回她老家的那个小破公墓的费用也是拉蒙给出的。

打那之后，艾洛迪娅对她这位领导的感激就变形成为光明正大的偶像崇拜。在她自个儿的供桌上，律师的照片被摆在了圣父的左边。尽管被封了圣，拉蒙仍然在不厌其烦地亵渎着上帝，说宗教就是诈骗，天主教会就是鸡奸俱乐部，只有无神论才能救国……

有一次，艾洛迪娅被怀疑偷东西了，拉蒙的金表不见了。在跟她对质之前，拉蒙就派他女儿去监视这位嫌疑人的一举一动。只要她能发现任何有价值的线索，他就给她买个过家家的玩具屋。在辛勤观察了一周之后，保利娜唯一能够报告的异常行径就是，艾洛迪娅每天都会用喷雾器往床上喷一种无色的液体。于是拉蒙就去问她了，一问她就招了，说那是教堂的圣水。

“如果那水是脏的呢？”卡梅拉问。

“您怎么会这么觉得呢？池子的水都是司事用凉水壶灌的。”

最终，那块表出现在了拉蒙的书桌抽屉里。几周前他要去特比多的一家苍蝇馆子吃饭，就把表摘了放那儿了。

拉蒙得病那天，艾洛迪娅到市中心买了个圣佩莱格里尼像——癌症患者的主保圣人——又用阿卡普尔科的纪念品冰箱贴把它粘在了马丁内斯家的冰箱门上。画像下方有段祷告词，艾洛迪娅每回从冰箱里拿东西出来都要把它念上一整遍：

> **噢！圣佩莱格里尼：**
> **你，因为上帝赐予你的诸多大能，**
> **而被称为行奇迹者；**
> **你，身患癌症，却在世人的药方**
> **不再给你希望时好转；**
> **你，是有福的，见到耶稣从十字架上下来**
> **医治你；**
> **请你代为求告上帝和至圣圣母，医好**
> **（在此插入病人的姓名）的病：**
> **阿门！**
>
> **（天主经、圣母经、圣三光荣颂各一遍）**

为了换取律师奇迹般的治愈，艾洛迪娅准备好牺牲牛油果了，这是她顶顶爱吃的。要她真有什么恶习的话，在跟圣父谈条件时，或许还能再方便点。随着手术日的临近，艾洛迪娅的牺牲也在不断加码：她最终让出了玉米粽子、鲜奶酪以及迪阿波辣椒。她还请了她母亲来为她领导说情，要她提醒上帝，在她生前，拉蒙待她有多么好。

玄学思维统治了马丁内斯家。虽然拉蒙信奉的是反教权主义，卡梅拉也对宗教不温不火，可他们的两个孩子上的却是天主教学校，周期性地参加弥撒，有关于教理的必修课，还会开展反婚前性行为的训诫。保利娜开始每天光顾学校的祈祷室了，而马泰奥直觉他日常的手淫可能会影响父亲的治疗，因此也决定不看黄网不自摸了。卡梅拉则像得了强迫症似的，老打电话去查银行余额，就好像有什么神迹会在一夜之间让他们的积蓄翻倍，从而解决他们的问题：他们已经没有足够的经济来源来支付手术费，以及术后在首都医院住院康复的钱了。没有医保这件事是个太粗糙的过失了，她都不好意思在亲友面前承认。她姐姐安赫莉卡就没少责备她，当时卡梅拉去问她借钱。“我们只能拿出五万块。”而他们需要的是这个数的二十倍还多，相当于拉蒙一年挣的钱，从中还得刨掉小孩的学费、汽车和小货车的月供、一月份买的三台电脑（分别是给秘书和两个孩子的）的分期付款。拉蒙把他所有的积蓄都花在了翻新办公室上，他还特别骄傲，不肯问家人以外的人借钱。于是，他唯一的希望就只剩下去找他弟弟欧内斯托了，他是开泡沫塑料厂的，也算百万富翁了。

在当过西班牙红酒进口中间商、又对无糖果酱和低脂粽子的生产进行了一番失败的尝试后，欧内斯托在泡沫塑料上下了注。这种石化产品中的雪白的奇迹引领了快餐业和教学模型领域的革命。欧内斯托开始生产一次性包装的时刻恰好对上了外卖的兴起，对他产品的需求立刻就呈现出了爆发式的增长。不到十年时间里，欧内斯托的公司，墨国泡塑有限公司，就已占领了整个墨西哥中央高原的泡沫塑料市场。

打从最一开始，欧内斯托就请了拉蒙来负责他公司的所有法律事务：合同、诉讼和偿付。和他哥哥不同，欧内斯托是个无情的雇主、背信的竞争者、不诚实的纳税人。在非正义地帮他弟弟赢得了无数次庭审后，拉蒙决定不干了。“光打你的官司，没时间接待我其他的顾客了。我还是给你另找个律师吧。”“家庭第一嘛。”欧内斯托说。“是，可你也不听我的啊。你还是在不停地坑你的供货商、随随便便开掉你的员工、在账面上作假。这样我可干不了。”“就说你想要多少吧。”争执最终转为了辱骂，穿插着事实，譬如欧内斯托是个酒鬼，拉蒙则有勃起功能障碍，当然也有谎言，譬如欧内斯托是个野种，拉蒙则喜欢跟动物干。当拉蒙听到欧内斯托指控他是个“被嫉妒心腐蚀了的虚伪的傻蛋”时，他挂断了电话。事情已经过去一年多了，两人再没有说过话。但卡梅拉还是很固执地认为，哪怕不问他借钱，至少也要通知他，要动手术了，说不定他会主动帮忙呢。而拉蒙想着，反正他弟弟也不会这么做的，便同意卡梅拉打过去了，以便证明他是对的。

“说吧，我能帮上点什么？”欧内斯托道，听说哥哥得了癌，他十分震惊。

卡梅拉把情况都跟他讲了，欧内斯托说，钱可以借的，就是有个条件：

“为了到时别有误会什么的，”他跟嫂子说，“这笔钱我们还是签个期票吧，用你们的房子担保，必要的时候还可以抵押，不是吗？”

拉蒙对这个小小的要求很是恼火。这厮在毕业之前就从来不知道劳动是什么，他念书的时候，是谁养的他？他喝醉酒把妈妈的车开出去，被警察逮着了，是谁捞的他？都是我啊。结果现在他倒要你签什么期票了，当我是个不认识的傻瓜。他就该一听你说就把现金都拿出来，显示他是信得过我的，对我还存有那么一丁点的感激。我跟你说，去他妈的，你别跟他签，让我来签，我一死就叫他完犊子。通过一张手写的便条（用的是另一种词汇），拉蒙把这个决定告诉给了卡梅拉。

“你觉得他不会毁约吗？”

他就没这个种，拉蒙想。

四

爱德华多每周六十一点整的时候都会去做心理咨询，背着个军用水壶，里头装满了臭氧处理过的水，手里拿着条干净床单，用来铺在那个千人坐万人坐的长沙发上，他得躺上头治疗。他是特蕾莎最喜欢的病人，并不是因为他古怪的恐惧症，而是因为他年轻，此外，他来咨询不是为了接受“癌症患者”这个身份的，而是为了摆脱它。他在九岁到十二岁这段时间里得过白血病，但现在痊愈了，这要感谢长期的化疗。然而，他再也没能拾回作为一个健康男孩的感觉。如今的他快满二十岁了，仍然确信，在他二百零六块骨头中的哪块里寄住着失序和紊乱。这一点，再加上他对细菌和传染病强烈的惧怕，使得他无法享有一种更正常的生活。他的整个中学阶段都是戴着手套和口罩度过的，这也成了同学们惯常取笑和骚扰他的理由。有一次，几个破坏狂带了一整袋狗屎到学校来，趁着爱德华多去医务室的工夫（他总去）倒在了他书包里。当他一回到教室、拉开书包，立马昏了过去。待他在屎味儿和同学们的哄乱声中醒过来的时候，他感到一阵砂纸擦心般的恐惧，当场就动不了了，当班老师不得不抱起他送到了医务室。他再没去过学校。他只用了两年时间就取得了在线预科的毕业证，又以最高分被西班牙文学专业录取。

爱德华多开始接受心理治疗是怀着一个明确的目的的，就是到大学城上课的时候能够不那么难捱。那地方——据他的原话——与其说是联合国教科文组织认定的人类文化遗产，不如说，就像个预算不足的监狱。他的目标是尽快拿到文凭，找个校对员、创意写作者或是翻译的工作，只要是可以在家干活的就行，这样他就不必暴露在同类的毒害之下了。

只有一次，他母亲的车坏了，他看诊迟到了，他不得不从自己家花了一个多小时走到特蕾莎那儿。进到诊疗室的时候他喘着气，脸红通通的，衣服都汗湿了。特蕾莎明白，爱德华多没坐公交或出租，是因为他根本用不了公共交通，他必定会恐慌的。

化疗把他从白血病的魔爪中救了下来，但也暂时破坏了他的免疫系统，因此，小华多童年的逝去也伴随着无休止的各种灭菌的操作。特蕾莎觉得，之所以爱德华多惧怕病菌，原因已经很明确了，可在这个原因背后还搏动着一种被压抑了的对患病状态的眷恋，一种因癌症而起的、尚未解决且不可告人的痛苦。这种症状她在好几位年轻患者身上都见到了，很像斯德哥尔摩综合征，罪恶的受害者反而对侵犯者产生了一种病态的好感。

“为什么我们里面要装着一些不是我们的东西呢?”有次爱德华多问，他指的是肠道菌群，而特蕾莎呢，被这句话里包含着如此之多与精神分析学派的共鸣惊到了，连忙把它记到了本子上。对爱德华多来说，大他者①的实质是一种有害的潜伏、一种侵犯——用白色、确切地说是白细胞，在血液里投毒。“我恶心那种

---

① “大他者”是法国精神分析学家拉康发明的术语，指整个由语言符号构成的象征界。他者既是自我意识的对立面，又是自我意识的创造者。

颜色。”他说，这就很有意思了，因为白色一般都是象征纯净、善良和清洁的。爱德华多带来铺在特蕾莎长沙发上的床单通常是蓝色或绿色的，但从来不会是白的。床单、手套、口罩……是这些障壁在支撑着爱德华多的身份，也帮他抵御着那些会传染的、致病乃至致死的大他者。

他的神经官能症里也有他母亲的贡献。她对独子爱德华多——一段短暂的罗曼史的产物——的死的惧怕将她变成了一位看守者，对食物和卫生要求极严，其他方面则很宽容，在满足他所有喜好和任性的同时，也让他习惯于自己的发号施令不会受到任何的抵抗。有次爱德华多求圣诞老人送他一台日本产的工业用空气净化器，她便花掉了她全部的圣诞奖金，帮他买了一台回来。爱德华多是个贪婪的读者，可又讨厌书店和图书馆，于是就差他母亲去买书，但买回来的书必须是新的，没有塑封的他不收。而当爱德华多突然决定遵守起犹太教规时，他母亲也不得不在食物方面接受了各种限制，尽管无论是她还是谁都不懂信了犹太教具体要干吗。据她儿子说，犹太教关于饮食的律法特别智慧，禁吃猪肉和海鲜，这都是名副其实的细菌载体、罪孽的携带者。

尽管他从没主动谈起过这个，可他日趋成熟的处子之身着实是在烦扰着他的。特蕾莎关注着这种挫败的信号。他怎么会跟女孩上床呢，如果他连他妈都不让抱一下？他是如此排斥那些炽热的体液，那他要何时才能进入某个口腔或阴门呢？挑战是巨大的，但补偿也是，要说有什么东西可以拯救他的恐惧症，那就是爱神厄洛斯的劝服力了。

爱德华多很看不起他的大学同学，常叫他们“尼安德特人”。文学系都快上了有一个学期了，他还没跟谁有过社交。

“我感觉我被传染了。”他语气很凄惨，那是十二月的第一个周六。

“传染什么了？”特蕾莎问道，话音中听不出一丝警觉的痕迹。

“哪种真菌吧。是念珠菌还是曲霉我还不知道，可我已经有真菌血症的症状了。”

“什么症状？”

“长期的倦怠感啊，记忆衰退，还包括焦虑、突然的胸闷。肠胃和呼吸道倒是没什么，那最确定的就是血里可能有真菌了。我吃氟康唑了，没吃好。都怪我妈，有天早上她给我冲了杯特别浓的咖啡，咖啡是利尿的嘛，我就得在系里上厕所了。太吓人了，就看那儿长的那么多的霉菌哦、那么多的酵母。我都跟她说过，上课的日子，放两勺咖啡就够了，不然特别麻烦。‘我这不是没记住嘛’，她来了这么一句，可不管怎样，我都得用那个厕所了，吸进那团污浊的空气，它就一直囤积在那里。什么葡萄球菌啊、孢子啊，一潮湿，微生物就都挥发了。要命。不是说我有疑病症什么的哦，我发誓，我现在超级难受的。问题就在于细菌培养是很难探测到真菌的，你知道，叫我说就是验血，我是有多爱验血啊……这整个太恐怖了。”

“那天你怎么没回家呢？”特蕾莎听说了，之前有几次，爱德华多一有尿意了就会叫他妈过来把他接回家，反正离得也不很远。

“回不了。”

“为什么？”

“我答应了一点帮一个女同学学语音来着，我又没她的电话，取消不了。可后来我就感觉巨难受了，无论如何都待不了了，我就跟她说家里有急事先走了。”

“你们约了哪天再见吗？”

“没有。当时我在不停犯呕，光是在想着我在厕所里踩上的那些尿和细菌了。他们在小便池下面放了些纸板，好把溅出来的尿吸掉，可是这也太恶心了吧，没有比纸板更完美的真菌培养皿了。我就在不停地想，我的鞋底有多脏，我都能感觉到微生物的鞭毛在挠我痒痒了，先是脚，又顺毛爬到了腿上，紧接着就钻了进去……”

“你之前没想到厕所有这么脏？”

“想到了，可我走不了啊。我是一点一刻下的课，跟那女生约的一点在图书馆碰头。”

“什么时候约的？”

“周一吧。她问我借笔记，因为有节课她没来嘛，可我告诉她，已经有人借走了。显然这不是真的，可我实在不想把本子借出去……所以我就问她了，要我给她讲讲的话，就周三好了。”

“那她会不会已经弄到笔记了？”

“昨天我们一起上的西班牙文学课嘛，上到最后她就问我了，那天的急事解决了？我说嗯，解决了，谢谢她，随后就问起那语音还搞不搞了，结果她说已经借到笔记了，这样一来嘛也就算了。也挺好的，因为就在昨天，我开始感觉特别难受了。太恐怖了，正巧碰上这会儿期末考试也要来了。我都没法集中注意力了，成天想着我血里的那些真菌，会不会已经穿过血脑屏障了……我是真的不行了。”

“我在上大学的时候，我就记得，我是跟一个朋友一块儿学的，对我帮助很大。我们会轮番讲解课目、给对方出题，效果非常好。”

“艾米莉亚也不算我朋友吧，只是要份笔记而已，而我呢，为了显得友善一点，就去上了学校的厕所，结果就染上真菌血症了，之后会发展成全身性的败血症也说不定。”

对爱德华多，特蕾莎特别感同身受。在她自己接受心理治疗时，她就谈起过他，谈起过被他唤起的母性的本能。她特想问他：“你为什么不请她喝杯咖啡呢？”可这样说的话，他会起戒心的。在生命太早的阶段，他的身体就辜负了他，他一直没法从那次背叛中走出来。在最初的几次治疗中，他就跟她解释过，他之所以会如此在意卫生，也是因为他的身体不能自己照顾自己，他只能代为照顾。“你的身体不就是你吗？”对于特蕾莎的问题，爱德华多是这样回答的：“是我的，但不是我。”

见自己被圣恩所抛弃了，不再享有许诺给少儿的健康，爱德华多主动担负起了使命：透过一整套严格的营养和卫生制度，去夺回那个象征意义的大他者所威胁取走的生命。他已经接受了这项任务，这就是他的命、他存在的意义。现在再叫他放弃这样一份宝藏谈何容易呢？哪怕维护它就有如一场噩梦。白血病已经框出了他生命的走向，应许他，治愈便是天堂，可当爱德华多出院时，他发现自己被遗弃了，陪伴他的只有乏味的青春期、一位有过度保护倾向的母亲和一个对他的健康状况无比漠然的世界。最终，爱德华多沮丧的内心是在恐惧症中、在与病菌以及白血病的幽灵展开的殊死搏斗中找到的庇护，是这些敌人在容许他继续相信那个即将到来的幸福。拉康“父亲之名”①的隐喻所意味的那种秩序就是这样得到的拯救。

特蕾莎把“艾米莉亚”这个名字记到了本子上。前晚她抽了大麻，记忆还模糊着，不怎么靠谱。大麻是她自己在屋顶平台种的，锁在个小间里，用钠灯照着，通风则靠排气扇。她最开始抽它是为了抵御化疗引起的恶心、食欲消退和神经痛。有了这样一段经历，她逐渐变成了一位热心的大麻推广员，不仅为了药用，同时也为了消遣。

每当有哪位患者寻求帮助，觉得放化疗的副作用太难忍受了，特蕾莎就会轻声给他推荐，要不要来次私人的“玛利亚”治疗。这种神奇的物质能够镇痛开胃、刺激感官、制住那些吞吃健康的毛毛虫。爱德华多嘛，特蕾莎想着，应该也会挺愿意试试的吧。她暖房里收获的大部分嫩芽都用在了她那些正在接受肿瘤治疗的患者身上，当然也留了一小点，作为她自己的精神食粮。

① 拉康于20世纪50年代末期提出“父亲是一种隐喻”的观点，按照他的理论，“父亲”是一个具有象征意义的能指符号，代表法律与家庭秩序，是对母亲与孩子之间的自然的紧密联系或乱伦倾向的一种制约力量。

五

手术前夜，为了平息不确定感，保利娜连上了网。她在搜索引擎中键入了“全舌切除术”，在阅读了维基百科上那个干瘦的词条之后，她浏览起了谷歌向她展示的图片。毛骨悚然。她不得不暂缓摄入她当天晚上的第二根马里内拉蛋糕棒。保利娜打小就习惯用甜食应对紧张，然而看到那些照片，她胃口顿失。面对着那一整屏由被截“肢”、缝合，还掺和着各种血淋淋的组织的嘴巴组成的恐怖拼贴画，她试图坚持住，可不到一分钟，她就败下阵来。她关闭了窗口，躲去了脸书里，那儿的生活波澜不惊，围绕着她的仍然是那些修过的照片、鼓舞人心的鸡汤、图片笑话和音乐视频。她恢复冷静，咬了口蛋糕棒，又把谷歌给打开了，用专业级的双手闪电般地键入了“癌症”一词，没加重音，反正搜索引擎是无所谓什么正字法的[①]。她又一次点进了维基百科，把注释看了一遍又一遍，就好像要参加什么与此对应的考试。“癌症是一系列包含了**身体细胞**——超级链接都是用蓝色标记的——分裂失控过程的相关疾病的总称，可能于局部发生，进而向周围**组织**转移。若患者不接受适当治疗，通常导致**死亡**。”有三个可点的超级链接，这会儿她点选了“死亡”。“死亡是生命体**内环境稳衡**终止

---

① “癌症”一词的西班牙语正确拼法为“cáncer”，有重音符号。

所导致的最终效果，**生命**随之结束。”如果死亡是个超链，它会链向哪里呢？保利娜很难去相信“阴间”这回事，可她愿意相信它，相信鬼魂的存在，这样，她爸爸就永远不会像他的舌头一样，第二天彻底消失了。保利娜返回到谷歌，用和先前同样的熟练键入了“舌癌”两个字。她已经把点击量最大的几个网页都看完了，这次她点进了一篇文章，标题叫做“表皮样癌”，她并不知道她爸爸的病和这个没有一丁点儿关系。然而，她惊恐地读到：“此类病例中，有50%被证实是致命的。”又是这个倒霉的词，一到谷歌里查，最先跳出来的是一篇关于老牌游戏“致命格斗①”的专栏文章。这个结果也提醒了她，互联网对于她的饥饿和恐惧是极度冷漠的。

盒子里只剩最后一根蛋糕棒了。她决定以此为借口，找马泰奥陪陪她，他肯定还没睡，也和她一样紧张呢。她拿着蛋糕棒来到走廊上。她猫腰看了看马泰奥的房间是不是还亮着灯，见确实有光，就上前敲了门。现场唯一的声音来自她爸妈的房间，他们在看新闻。于是她又敲了一遍门。

“马泰奥。”她喊了一声。

保利娜想象他正头戴耳机，面对着电脑，在网上遨游；场景没错，只是不完整，还得加上褪下的裤子、挺立的阴茎、忙活的左手，以及泳池里那对怪异的姐妹。马泰奥爱看女同片，因为色情片里的男优会有损他的性自尊。

---

① 原名“Mortal Combat”，又译为“真人快打”。

马泰奥每次手淫都会有一种朦胧的负罪感，而在这种负罪感背后，住着的是一个有些荒唐却卓有成效的形象，是一位神父在一次性教育的训诫中树立起来的："青年天主教徒的身体是神的住所、基督的圣殿，如果我们怀着自私的目的去摸它，那就好比我们到朋友家去，穿着一双沾满烂泥的鞋子就爬上了人家的床，在上面胡蹦乱跳。这样可能很好玩，但人家把床借给我们不是为了让我们去做这种事的，而是休息用的，还有呢，就是可以在一个合适的时间，用来庆祝婚姻中最大的喜乐，那就是繁衍。"然而玛丽莎·约翰逊，他最爱的色情女星，正在以一种令人无法抗拒的方式呻吟着，有如天使的召唤，和她背上文的那对翅膀保持着相同的振频。每次都是在她的陪伴下，马泰奥体验着地动山摇的高潮，它将浸透纸巾，马泰奥在那里倾倒着他徒劳的精液。

片子放到一半，玛丽莎正和她的姐妹玩着呢，马泰奥听见有人敲门，挫败地嘟哝了一句"操！"便着急把黄色网站关了，提起裤子，把尚还干净的纸巾收了起来，垫了句"来了！"，把汗津津的手在衣服上蹭了蹭，起身调整了一下阴茎别让人发现它硬着，随即跑到门前，开了，原来是他妹妹：

"你不想来根蛋糕棒吗？"

"啥？"

"我买了点蛋糕棒在我屋里，你不想来一根吗？"

"别闹了，阿保，我学习呢。"

"嗨，得了吧，你肯定在聊天。来吧赶紧的。"

如果马泰奥不帮她吃掉盒里那根最后的蛋糕棒的话，她会扛不住诱惑的。

“不了吧，我晚饭吃得还挺……但还是谢谢啦。”马泰奥努力表现得礼貌，试图藏起中途被打断的恼火。

“拿着待会儿吃嘛。”

“真不要了，谢谢啦。你快去睡吧。”

“马泰奥，我怕……”

保利娜哭了起来，而马泰奥呢，羞愧于自己重新回到玛丽莎身边的渴望，拥抱了她，同时还得小心别让裤子蹭到她。

“别哭了，阿保。去睡吧。”

保利娜特想给他看看她在网上找到的图片，那些手术后的嘴巴、被截断的舌头，好让他意识到第二天将要发生的惨剧。她还在哭着，是因为愤怒，也是因为恐惧。马泰奥生硬地拍着她的背：机器人式的抚慰，一只得了自闭症的猫给她的安慰兴许还能比这多一点。

一分钟后，马泰奥中止了拥抱，又催她去睡觉，跟她说了晚安，再度把自己锁到了房间里，剩她一个人在走廊上站着。她望向了爸妈的房间，但没有靠近，他们有太多事要操心了，不用她再去添乱。

她回屋躺到床上。当下最帅的几个流行歌手正带着漠然的微笑从墙上的海报里看她。她有种怪异的感觉，混合着女孩的惧怕和女人的欲望。她想她爸爸抱抱她，也想贾斯丁·比伯和她性交。她的青春期是一朵玫瑰，抽着本能和孤独的芽。透明包装袋里，巧克力正在温柔地吱嘎着，那是最后一根蛋糕棒的召唤。来吃我呀，它说，她照做了。

在共同经历了一段漫长的失眠之后，卡梅拉陷落了，如今的她正打着呼噜，活像个被格洛格酒击倒的维京人。而在她身边的拉蒙则仍旧醒着，想象着没有舌头的生活：家人的同情、客户的困惑、法官和律师们的不耐烦。他就要进入一局持续终身的“你比画我猜”游戏了，只是里面的那些著名的影片名被换成了法条。

那一夜黏滞不去。那肿瘤就像个自顾自长出的小小心脏，在他嘴里搏动着。拉蒙的恐惧被伪装成了急于去手术室走一遭的焦灼，尽管出来的时候就该是不完整的他了——癌都提诉求了，就给它呗。他点数着他迄今为止认识的所有癌症患者，他从没留意到有那么多，他把它归结于现代生活的放纵。

接近凌晨三点，他睡着了。跟他们说这刀我不开了，他在梦里咕哝着。而当他被担架床推往手术室的那一刻，他被恐慌支配了。这已经不是在做梦了。人真要动刀了。可的松带来的一阵眩晕淹没了他的身体，这是预防他逃跑或反抗用的。护工把担架床靠在了手术台边，一把把他搬了上去。他见身边围了一圈穿着大褂、戴着帽子和口罩的医生和护士。他认出了阿尔达玛大夫和那位外科医生，他们在和他打招呼。他觉得那两人心情不错，欢乐得很，着急把他做成腊肉。

朦胧的一分钟术前准备。一个遥远的声音让他深呼吸。他醒着，完全是清醒的。他感觉这麻醉有问题，他会提前醒的，从而感受到手术刀的切割、绽开的皮肉、噗噗往外冒的红色、大笑、遽然裸露的白骨。

“放松，马丁内斯先生。”一个声音说。

“日祆。”他纠正道。“是老师。①”——他本想用舌头讲完的最后一句话。

“加巴喷丁再给点儿。”另一个声音。一个回声。

他骤然感到一排夜的浮沫盖住了他的眼睛。等待，又一次，结束了。

① 在墨西哥，“老师”是对律师的常用敬称。

六

在去看她自己的精神分析师兼督导者时，特蕾莎会一而再地回到那个话题，她和爱德华多之间的移情和逆移情。根据她自己的理解，这位患者是把他心理上的母亲的角色转移给了她。而在他生病期间如此沉湎于照顾他以至于快要走火入魔的同时，她，那位单身母亲，想要的却不是他——一个孱弱的儿子，而是那位不可告人的、叫人恐惧的、所有人都在提到他、又没有人敢说出他的名字的父亲①。是癌症接管了无意识中父亲的职能。那个可怕的身份一直被压抑在爱德华多体内的最深处。他母亲想要的是他体内的那个他者。无知无觉中，她希望她儿子得癌。一种说不出口的恐怖。所以才有那么多的压抑。而那位象征性的父亲的生殖器形象，他的外在征候，正是他母亲所崇拜的卫生和灭菌。所以现在呢，当她试图违犯她自己的规则，想不戴口罩亲近他，把爱德华多当作一个正常的儿子去看待，对方感到的却是俄狄浦斯式的乱伦的威胁，感到的是背叛。舍弃代表阳具的卫生措施恰恰意味着一举杀死白血病，杀死那位父亲。

这种精神分析学派的解释把特蕾莎引向了个结论：她对这位年轻人所抱持的母亲式的感觉——她多次和她的医师探讨过这

① 此处的“父亲”指的是拉康的理论体系中具有象征意义的能指符号。见31页注①。

个——是逆移情的产物，应该在心理治疗中被好好地利用。特蕾莎希望爱德华多能够翻越障碍，不再把癌症等同于父亲，这样的话，她就能把另一种更适合的形象填入到这个位置上，让他无论是在家庭，或是两性方面，都能过上一种更健康的感情生活。

“问题就在于，”特蕾莎斜靠在长沙发上，“我还没想到要怎么去说服患者，让他相信，我的愿望，或者换种讲法，毕竟有移情现象嘛，很显然，作为他妈妈的愿望，肯定不是让娃娃病着，用一系列偏执的做法去预防传染或是癌症的再犯。这话我是可以当面说的，可在无意识的层面，我就做不到了。至少这会儿还不行。”

特蕾莎停下不说了，把话柄让给了她的医生。

“那你觉得，除了逆移情之外，还有别的什么东西在阻止你吗？”

“不是说我害怕啊，害怕我因为自己没孩子，就要把情感全都倾注在他的身上。关于这一点，我是仔细想过的，也跟你谈过好几个钟头了，所以也就这样了，我把持得住的。可真正让我感到走进死胡同的是，我已经很明显地成为整个体系的一部分了，而这个体系会把他和白血病捆绑在一起。他知道我主治的是癌症患者，还组织过互助小组，写过我得乳腺癌的经历；他知道我得过乳腺癌。那么好，我，一个专给得癌症的人看病的精神分析师，要怎样才能说服他，他其实没得癌呢？这是一方面，而在另一方面，我真要把他转给别人吗？明明我很乐意给他看病，他激发了我的爱，每周六我都很开心，况且他妈妈还每个礼拜付我钱。我要怎样才能说服他，我不想他继续病着呢？”

“到诊疗结束的时候，你说的这部分进程是会自动开始的。”

医师说。

“那得多久以后了？”特蕾莎反问道，“十年？到时他都不上大学了。明明他现在就有机会去认识同龄人、和他有相同爱好的人的。大学就是个社会搅拌机，可爱德华多呢，他不仅没有好好利用它，反而情感混乱了，把力比多和厌弃、好奇心和恐惧，都搅到一块儿了。他需要的是更加立竿见影的东西。”

“可能你现在觉得，应该暂停他的精神分析，转去使用认知行为疗法或是小组治疗什么的，虽说‘小组’他肯定是不行的。那也另说了，反正你的意思就是要采用认知疗法呗，在理想状况下，他确实是可以尽早享受生活的。可这也就是你说的急，在我看来，他的愿望都是你投射给他的，是你在迫切希望发生点什么。之前你也从没告诉过我他有任何表示啊，想参加派对，或是跟哥们儿一起出去什么的。所以在这点上，我确实看到了一种极其类似于他母亲的情感。那你就得小心了，因为逆移情是有可能破坏你在他身上取得的成果的。”

“成果，什么成果？我当然明白，我操的都是他老母亲的心，或者随你怎么叫吧。我也当然不会明确告诉他，这是移情，不然就前功尽弃了。我担心的点就在于，我和癌症的联系太紧密了，主要就是在象征意义上，我的身份既是癌症幸存者，又是专看癌症病人的医生，这样一来，他就很难战胜那个念头：他母亲希望他病着。你就想象一下吧，每周六他看完病出去，难免就会碰到我十二点的那个病人，一个正在接受化疗的女的，头发都掉光了，走路要用拐杖的。这你叫他怎么翻篇啊？只要他还到我这儿来看病，就一直都会是这种环境。”

“你还想继续待在这种环境里咯？”

“我是啊，可他呢？我倒想把他转诊给别人，可这样的话，他就又得从头开始讲了，白血病、骨髓移植，他不得不去回忆起那些事，我不想这样。这太消极了，也是种倒退。”

特蕾莎顿了顿，想象了一下那种后果，如果真把爱德华多转给另一位精神分析医师呢，或许他可以是个年轻点的男的，那在他俩之间就可以建立起一种类似于父子的关系了。

特蕾莎不说话了。她知道她的医生在想什么：她想正面抛出那种可能性，即特蕾莎所说的爱德华多的潜意识结构实际都是她自己的结构，是她自己在觉得，别人都想她得癌。

“我感觉我的病人都想成为和我一样的幸存者，这也是我所能给他们的最宝贵的东西。”

“幸存者？”

“我也知道，”特蕾莎说，为自己没能料到对方的想法而感到挫败，“这个词有点……可它特别重要，因为我们不能忽略的一点是，那段经历虽然没有定义我们的身份，但也确实改变了我们生命的走向。癌症就是我生命里常在的一个东西，我说真心话啊，我觉得我是跟它和解了，但爱德华多的情况就很不一样，或者换句话说吧，我不觉得我对他的理解是我移情的产物。他的恐惧症是明摆在那儿的，还有他的烦恼、强迫症、来自真实界的威胁、紧紧钩住他自我的白血病。如果他能体验一些新东西，就比如大麻，这种从外部而来的打开意识的经历对他将是十分积极的。可我自己不能给他，我不想破坏移情，不然就全盘皆输了，但如果他们大学里有谁可以这么做的话，我不知道，我内心肯定是相当乐意的。”

特蕾莎没再说下去，她注意到她的医生已经摆出了她标志性的想要结诊的表情。两人面对面沉默。特蕾莎对这种不定时的诊疗全无好感，可她的医生喜欢，很熟练地就把她打断了。医生不想让她继续阐述她治疗爱德华多时的那套理论，她本该挖掘的是她自己和癌症之间的冲突关系。作为他者的癌症，医生从来没有放弃盘问她，它隐秘的目的。

气氛越来越紧张。一分钟后，医生站了起来，用一个亲切的微笑告别了特蕾莎。

七

拉蒙在一团由电线和导管交缠而成的蛛网中醒了过来。他的感觉是逐一恢复的，先是听觉——颈部怪异的噗噗声、某台机器发出的一记记断断续续而刺耳的铃音，接着是触觉——负责把他的头部固定在颈托上的那道绷带的压迫，以及视觉——白色灯光、灰色窗帘、像死鸟一样瘫在床上的那双手。没有气味，因为这会儿空气不是从他鼻孔进去的，而是透过和氧气瓶相连的一条气管切开插管。也没有味道，因为味觉器官已经不在了。

当他的大脑逐渐清醒，他的心脏也掺混着泵起了他自己的血和外来血，后者来自两个血袋，捐献者分别是一名飞行员和一位超现实主义画家。他的肺叶过滤起了被氧气瓶掺了假的空气，肝脏在燃烧储备以弥补禁食带来的营养短缺，肾脏在努力降解麻醉剂，而胰脏在睡午觉。

过去两小时了，拉蒙想眨眨眼睛、把眼睛睁开，发现卡梅拉就坐在他身边。

“感觉怎么样？”她极小声地问道。这是几点了，拉蒙想。“医生说你没有并发症，就没切到喉咙，过几个月你就能正常呼吸了。这是个特别好的消息。我们都特别开心。马泰奥和阿保都在外面，跟欧内斯托和阿莉西亚在一起。他们都问你好，说明天再来看你。艾洛迪娅也在这儿待了一整天了，不过我已经叫她回去了。”

拉蒙把许多注意力放在了卡梅拉说话的方式而非内容上。他看入神了：她嘴唇飞速地比画、发元音时的扩张、拍打与梗阻、作为结果的那条语音链、整体的柔和。在她狂乱升降着的上下牙间，拉蒙隐约窥见了那根舌头，它湿润、躁动而勤勉，每一秒都在变换位置，发出了一个又一个不同的声音。

他感到一阵苦涩的乡愁。这会儿他的舌头会在哪儿呢？密封袋、冰柜还是焚烧炉？他已经书面授权他们采取样本，送到国家肿瘤学会的实验室去分析。目前看来，他的这个瘤是前所未见的，可以帮助建立相关领域的第一个临床案例。至少也是用在这个方向上的。除此之外嘛，根据《人体器官、组织与尸体使用卫生监督法》之规定，他的舌头得做焚烧处理，但又不会像火葬那样，用个骨灰盒交给他。那么，他舌头的灰烬将会去往何处呢？十五天前，他还觉得这有什么可问的，但现在他后悔了，为什么没让他们把残骸给他呢，再小也行啊。然而，要等到他能用笔头声明他自己意愿的时候，那必然已经晚了。

卡梅拉在他旁边的沙发床上躺下，跟他道了晚安。一点儿也不“安”。值班医生和护士来了又去去了又来，检查他的病历、点滴、血压、喂食管和呼吸阀。但并不和他互动。他们会叫醒他、按他，把他按得极疼，但也不会征求他同意，或者说声对不起什么的。他们会给他一些机器一样的指示：“抬胳膊”“呼气”“吸气”“张嘴”——以及提醒：“会疼哦”“会烧”“会有点扎”——还会问他：“早上起来感觉怎么样？”“管子扎不扎？”“上没上厕所？”可他们更希望由卡梅拉来回答，或者干脆求助于那些更为专业的代表：体温计、尿液量筒，或是那个让他吐口水用的腰子形的金属容器。

金属腰子主演了十二月三十一日下午的一场不当行径，当时房里只有拉蒙和马泰奥两个人，卡梅拉和保利娜去买新年晚餐用的饼和饮料了。马泰奥正头戴耳机、在笔记本上玩游戏，而拉蒙看着电视上五十年代的剧情片就睡着了。待他一觉醒来，电影已经结束了，取而代之的是秘鲁的一档解决家庭矛盾的脱口秀节目《劳拉在美洲》①。马泰奥仍旧躺在沙发上，背朝着他爸爸的床，随着耳中轰响的重金属节奏击发着他的冲锋枪。而电视上则出现了一个矮小的女人："这无赖，他跟我发过誓的，不跟他亲妹妹一起去舞厅了，结果劳拉小姐！他又去了，而且还是喝醉了搂着她回来的，都到家了手还在那里摸。"听到这里，节目主持人怒了，像索福克勒斯的哪幕悲剧中的歌队一样诘问起来："您说的是，您的丈夫，背着您，跟他亲妹妹好了？""是的，劳拉小姐。"就在那一刻，主持人大喝一声："这是乱伦啊！"而那位被背叛了的妻子开始乱掴她的情敌兼小姑子。

拉蒙气的是电视里竟会播放这种毁人不倦的节目，不仅磨损人的智力，还会助长病态和野蛮。他想换台的，不成想遥控器被摆在了滚轮推车上，他死活都够不着。他得要马泰奥帮他，可后者正埋头于他的笔记本电脑，对除此之外的声音充耳不闻，全然

① 《劳拉在美洲》因在美洲电视台播出而得名。

看不见他爸爸挥舞起的一波波手势。

“把老公叫上来！”劳拉小姐喊道。只见那人一来到台上，他老婆和他的情人妹妹就齐齐朝他扑了过去，两位麻木不仁的保安把她们拦了下来。正当那烂人的屁股就要沾到椅子的一刹那，主持人说了句：“你做的这些事真是禽兽不如啊，你听明白了吗？连非洲大草原上的动物都干不出来啊。”众人鼓掌。

想象这些怒吼和辱骂是冲着他儿子去的也并不能对拉蒙起到什么安慰作用。他用唾液盆——里面晃荡着不少带血的口水——砸起了病床扶手，指望这能吸引到马泰奥的注意，他的希望落空了。其实他只要按一下按钮就能叫护士来的，可他觉得这太荒唐了，他儿子——都十八岁了，可就是被他妈惯的，仍旧像个低能儿——距离他也就两米远。

“那所有这些都是谁的错呢？谁养出了这对狗男女？请上他们的妈妈！”

在群情激愤的秘鲁脱口秀的腐蚀之下，拉蒙一个冲动，把金属腰子甩了出去。他是朝下扔的，想的是吓吓马泰奥，所以对准的是沙发的侧面。在空中，那盆子就像个胖版回旋镖一样转了起来，左右泼起了红水；它没砸在地上，而是正中了马泰奥后脑勺上的那个旋儿，盆里那些龌龊的内容绝大多数都洒在了他的键盘和屏幕上。只见马泰奥跟个弹簧似的就蹦了起来，惊恐地看向了他的父亲。

拉蒙也被飞盘走出的这道轨迹给吓傻了，完全违背了他脑子里的企图，怎么搞的这胳膊？确实也得考虑到他不是左撇子，刚才用的又是左手，因为右手的静脉插着管。对不起对不起，他内心说了无数次，我不是故意的，这点我跟你保证。

“要什么样的妈妈才会让她两个青春期的孩子光屁股面对面啊？”劳拉小姐指出。

“你没事吧？”马泰奥问道，比起恢复期的父亲，他更担心的是他染血的笔记本电脑。

反正这误会也是没法解除了，拉蒙只好决定顺势而为，假装胃里有刺痛。他儿子去呼叫了护士台，请她们赶紧来看看，他爸爸不太对。电视里，劳拉小姐和她的托儿们仍旧在声嘶力竭地号着，而拉蒙心想，还是别瞎掺和了，先等等看吧。

一个护士来了，确认过喂食管位置没问题后，申请了医生的协助。后者很智慧地关掉了电视，当时恰逢那位乱伦的妹妹臭骂起了她懦弱的亲哥。

“吐过吗？”医生见地上血水四溅，便问了句。

“没有，”马泰奥说，“是我们一不小心，把口水盆给摔了。”

“马上会过来拖的。”护士语气很亲切。

医生仔细查看了患者的胸片，说可能是由肠绞痛引起的，没什么大碍。与此同时，马泰奥把自己和笔记本电脑一起关进了厕所，一丝不苟地用纸巾擦拭起它来。

当屋里又只剩下他俩时，马泰奥跟他爸爸道歉了，说自己应该更专心一点的。拉蒙也挺愧疚，就用一个微笑原谅了他，还偷偷在心里为自己开脱了一番，想着现在这种情况，砸了人也就这么过去了，应该也是不怎么打紧的。

方才的怒火唤醒了他几周以来一直冬眠着的饥饿感。他肚子里的脂肪储备几乎已经不存在了，而喂食管里的那些营养液又不带多少卡路里，不像他之前习惯了的那些美餐：炖菜、肉汤玉米、米兰炸肉排。他再也无法享受到烤鸡酥软的皮肉了，或是烧鸡复合的辣味、布丁软嫩的甜美。这是极大的损失、无法弥补的损失。他再也不可能唤起那些味道了，因此回忆它们也不会给他带来任何的安慰。他怀念的对象没有了归属，在他脑中留下了一个个凄凉的孔洞。

卡梅拉和保利娜拎着快餐袋回来了，一边抱怨着商场的长队和堵塞的交通。

“你们怎么样？”卡梅拉问。

“很好啊，”马泰奥说，“我们看电视了。”

“啊，是吗？”卡梅拉表示怀疑。

对拉蒙来说，把下午如此丢人的那一幕掩盖起来也是再好不过了，于是他异常庄重地点了点头，赞同了他儿子的版本。

“那可太好了。我们买了俄罗斯沙拉和鳕鱼饼，来看看味道怎么样。”

鳕鱼：又一种失却的美味。

半夜十二点，拉蒙用一口冷水为新年干了杯。

八

肿瘤医生，无论他们生来是多么和气、温柔和欢乐，最终总还是会被忧郁所支配。任何其他科的医生，包括法医，都不会像他们一样，跟不幸如此熟悉。肿瘤医生的灵魂通常是翘班的，为的是避免烦恼。当一名无法救治的病人向他乞求一小点面包屑似的希望时，他也不可以拿谎言给他吃。轮不到他展示同情心，他必须职业。

这是什么样的职业，肿瘤学，它蕴含着什么样的报复或报偿？是什么样的路在通往一种如此阴郁的职业——不幸的代言人、凶暴的方剂和足以致死的药物的管理者？在望向一名肿瘤医生的脸孔时，你最好记得，在它里面一定存在着一个动机、一个缘由、一道无意识的创伤、一种受虐狂式的英雄主义、一颗阴森的好奇心；也或者是他想效仿父亲、杀死他或讨他的欢心？要么就是指望着能在富人医院谋得一席之地。肿瘤医生的诊室必定是心理罪案的现场，在装点他墙面的执照后头，一定有些见不得光的原因。

忧郁的医生有着无菌的皮肤、冷冰冰的心。患者的温热从不能使它融化分毫，但有时候，一例暴戾的癌症、一种令人印象深刻的肿瘤、一头独行的猛虎，却会唤醒他猎手的本能。

阿尔达玛拎起电话，打给了路易斯·拉米雷斯——国家肿瘤学会的病理学家。十五天前，他请他帮了个算是私人的忙吧，帮忙看看他刚刚开掉的一个肉瘤的样本。对拉米雷斯那种外放的粗俗，阿尔达玛是全无好感的，但他还是找了他，因为后者在对不明组织进行分类时技术真的很高超，他是真的很懂那些被他本人称作“屌毛细胞性质”的东西。

“你是给哥斯拉做的活检还是怎么着？”拉米雷斯问道。

“我从一开始就在注意它了，”阿尔达玛答，“我很想知道你是怎么看的。”

“当时我一把它放到显微镜下，我就跟自己说，这俩傻瓜，又把玻片给我弄混了。后来我就叫他们用你给我的东西重新做了，结果一看，还是一样的东西。‘哦，我操，’那我就明白了，‘小儿腺泡状肉瘤吧。’”

“可是你看没看到患者的年纪？”阿尔达玛打断了他。

“当然了！‘我就操的嘞，’我说，‘就连恰贝洛[①]也长不出这么个玩意儿来啊。’”

“可我们这儿还是坚持说这是小圆细胞瘤。”

“你看啊，哈佛出来的这帮小小先生，还是叫他们去采采血吧，他们也干不了别的了。这就是个教科书式的横纹肌肉瘤，或者换句话说，就是不足两岁的小毛头才会长的那种，我操。”

“可他都五十了，路易斯，没有家族史，没有任何诱变因子。他就是这儿的一个普普通通的律师。我真想不通他怎么就……”

“我也想不通。不过，我们要能研究出来的话，就我觉得啊，

---

① 原名哈维尔·洛佩斯，一名出生于美国的墨西哥演员，长年主持电视少儿节目。

能得拉斯克奖或者诺奖。”

“好吧。这倒不至于。”

“怎么就不至于？”拉米雷斯反驳道，气愤中带着一丝狡黠，“你什么时候见过跟这个类似的东西了？你知道从一个行为模式跟幼儿园小孩似的成人细胞里可以提取出什么吗？长生不老泉啊，大师。”

“我还是不太敢信。”

“但你不否认吧？这玩意儿太奇怪了。你的病人是基佬吗？”

“他没得艾滋，如果你指的是这个。”

“不是，”拉米雷斯道，“我就说，他是不是天天在嘬超人的放射性鸡巴啊哈哈哈？”

拉米雷斯的自感应笑声掩盖了阿尔达玛不适的沉默，后者只觉得这太迷惑了，一位如此杰出的病理学家竟然同时是个糙汉。

“我很想知道，”待病理学家笑完，阿尔达玛说了下去，“你觉得是不是有必要做个遗传指纹分析，给突变编个目？”

“必须的，对这些细胞啊，就得让它们全招了。我可以跟你打包票，里面绝对会有 PAX7-FOX1 融合，还有，像是在 KRAS、NRAS、FGFR4 和其他一些拗鸡巴口的基因上，绝对会有易位。当然了，要屁事是出在 PAX3 基因上，那 PAX7 就随便了，不过 PAX3 这个基因，至少在小儿身上，是更他妈操蛋的。”

“倒霉的是，”阿尔达玛说，“我平时都在诊所里待着，所以对于癌基因这些东西，我是跟不上时代的。如果你能在这方面撑我一把的话，帮我找些相关的研究，那就太感谢了。”

“只要你开绿灯，”拉米雷斯告诉他，“我去跟胡安·德尔加多讲一下，他在大学里研究遗传学，这方面特别懂，到时我就跟他说，胡安爸爸啊，我们有个特别鬼的基因簇，来一起培养研究一下？绝对他妈的可以提取出一个罕见的癌基因，能上《癌症》杂志封面的那种。”

“你真觉得有这么厉害吗？”阿尔达玛问道，对病理学家的热情感到有些不可思议。

“你见过它们分裂吗？疯得一塌糊涂，可还就倍儿他妈的有条理。它们会自己找位子待好，把血管撅起来，不会卡也不会堵。就跟爆炸似的。它们就像那种有点儿年头的派对咖，还是日本派对咖，特别有条理。最狗血的是，它们怎么就能整出那么大的乱子，还不会磕到绊到呢？我说明白了吗？”

在华金·阿尔达玛由一次又一次的常规诊疗组成的乏味履历里，他第一次接到了神秘的挑战：一种如此激进的小儿肿瘤怎么会出现在一个成年男子的舌头里呢？它反常的程度就好比在巴赫的乐谱里发现了马里亚奇的拍子。是什么样的奇妙突变在推动着它？它享有什么风险因子的资助？在设计相应的预防性化疗方案时，他必须放胆一搏。

阿尔达玛幻想着自己的名字被印在最权威的期刊上，开办专题讲座，应邀去波士顿、伦敦和巴黎讲课。他玩味着那些尚未来到的名声：他将揭开一种比击溃了乌戈·查韦斯——在他看来，这位仁兄本身才是个癌细胞，并慢慢发展成了叫委内瑞拉喘不过气来的民粹主义肿瘤——的怪病更为罕见的癌症的成因。阿尔达玛的阶级意识是建立在一种朦胧的生理学类比上的：如果人体里没有等级的高下、所有细胞都享受相同待遇的话，那我们就不是智慧的哺乳动物了，而是海绵一块。因此，我们必须消灭那些不安生的细胞、叛乱的皮肉，把它们从各大器官的社会组织里剔除出去。那么好，在这个如此复杂的病例里，要怎么做才好呢？他们已经摘除了肿瘤，连同周围的组织一起，但那些细胞仍然有可能隐藏在密不透风的淋巴系统的辖区里。如果你是转移的癌细胞，你会喜欢藏在哪儿呢？显然是颈部淋巴结，但似乎他们并不在那里。你也可以跑去气管，或是舒适温馨的甲状腺，也或者是眼窝。可是，舌头……为什么是那儿呢？当颌面外科医生把它从患者的口腔中捞出来、放在不锈钢盘子上时，它还在淌着橙红色的液体——口水和鲜血的混合物。阿尔达玛惊异地看着它，仿佛它是个什么软体动物，一头巨大的蛞蝓，和人体的构造毫不搭调。事实上，人的眼、手、阴茎，乃至胰脏都带有显著的人类特征，而舌头则是个古怪而反常的器官，是个艺术家，味觉的代言人，又馋，话又多，动不动还爱叫唤。

在这位患者还是个胎儿的时候，就有个横纹肌母细胞，它一直不想长大；它在他舌头里活了得有快半个世纪了，无所事事，同时也谨小慎微。为什么它会突然拒绝像它之前所做的那样，成为肌肉中的工人呢？它是如何做到的？在成为癌细胞前又经历了多少次分裂？为了查明这些，阿尔达玛必须好好补课，并且首次和一队在实验室里工作的医学研究者合作。拉米雷斯已经说服了他，他们的发现将会极其稀有、极其有价值，足以被拿出来介绍给国际科学界。

与此同时，他得确保这位患者活下去，活得足够长，足以让他们做一次彻底的DNA研究。一旦病人从舌切除手术中恢复过来，阿尔达玛就计划着给他开始预防性化疗了，用药将会十分之大胆。他会尽全力医治他，这样的努力，之前只有在洛莱娜·加尔万身上用到过——二十年前，她来到了他的诊室，她美得让人心碎。她是从她的皮肤科医生那儿转来的，后者曾跟随阿尔达玛学习，便想叫他帮着看看病人的一颗痣；这颗痣就新长在她的左踝骨上，形状则是一天比一天更像哈利斯科州。而在这日新月异的斑块周围铺展着的是一片欢愉的大陆：由百亿细胞共同组成的这幅超现实主义肖像画，画的是雪山神女，所有神话中最具性意味的女神。她的脸是夜行的猫科动物，身体是混着安非他命的鸡尾酒，声音则是魅惑的火苗。

阿尔达玛触诊患者时的双手往往是沉稳的、不带任何感情的，而面对着这两条被热带阳光烤成古铜色的腿，它们抖豁了起来。要不是身上宽敞的大褂，他的裤子就将暴露出那道让他尴尬的肿胀了。在经历了一段久久不去的勃起之后，阿尔达玛还遭遇了一件挺严重的事：他的腹股沟淋巴结发炎了。于是，这位大夫不得不花上了双倍力气以隐藏起他的烧灼感，以及他的怀疑：黑色素瘤肉眼可见的M1型转移，b期或c期，预后十分悲观。

坐在办公桌后的阿尔达玛填写着病历，提着各种不必要的问题，为的只是让她在诊室里多待一会儿。怀着一种异乎寻常的父亲般的热情，他以一连串虚假的鼓励结束了这次诊疗，还长久地按了按她的肩。

接下来的那次门诊，洛莱娜是和她未婚夫一块儿来的。两个月后，这个涂脂抹粉、衣着考究的青年以“太过爱她以至于不忍心看她如此受苦”为由撕毁了婚约。洛莱娜被击溃了。就是从那一刻起，她的耗损开始加速了，同步升级的还有阿尔达玛为她定制的个性化呵护。他对她的关照已经走上了极端，他甚至会上门给她打针，而这些药物是完全可以开成片剂的。

激情搅乱了阿尔达玛所有的观点和原则。他从坦率转为了遮掩，从诚实转为了欺骗，从疏远的视诊转为了凭空而来的触碰。原先他是讨厌文身的，而现如今，他会失神地看着那朵装点洛莱娜脊背的玫瑰，以及那只飞舞在她腰间、总被内裤上沿半掩着的燕子。他太想吮吸那朵玫瑰的花蜜了，想擒住那只燕子，让他的小鸟栖息在腐坏的巢穴。他甚至会被她疼痛时的呻吟刺激得兴奋起来。负罪感和道德上的谴责压得他不堪重负，他想过把她转诊到某个正派的同事那儿去，最好是个眼睛看不见的女肿瘤医生，这样就不会和他一样掉进越轨的深渊了。

应对堕落的思想，唯一的解药就是他的音乐癖了，还独独得是巴赫的作品。除此之外的任何一位作曲家都没法把他的注意力从洛莱娜身上拉过来。在家的时候，他会把自己关到书房里，开始给药：至少一小时的赋格、康塔塔、对位法。他看着在唱机上旋转的黑胶唱碟，就慢慢被催眠了，顺着唱针的螺旋轨道滑向了音乐星系寂静的中心。

虽说华金·阿尔达玛早早地就皈依了无神论，那一时期的他却被精神的魔鬼所占据了。在马利亚会的弟兄们开办的小学里，他曾学到肉体的软弱，肉体是属灵的敌人。必须用某种方式打倒它，用恒心和苦修、药物和手术刀。他的人生履历不就是一场对抗肉体破坏力的战役吗？他一直这么觉得。他已经缺少了那种神圣，他十分怀念它。他渴求仪式与超验、弥撒与圣餐，而音乐可以给他平和与安慰。

什么才是对抗好色最有力的武器呢？由击弦古钢琴演奏的《赋格的艺术》。这种乐器古旧的音色会营造出一种几何学的氛围，带他回到距离他很远很远的时代，在那里，形式被以非人类的完美褪去了一切的浮饰。第三张碟B面，第十四首，他沉浸在这部赋格曲的三个主题里。临近第一百七十个拍子，阿尔达玛被这段最高亢的旋律中的迅捷的音符给深深迷住了。他的身体会随之颤抖起来，那种感觉只有高潮才能比拟，无论是它的爆发力还是短暂。巴赫去世时，留下了这部未完成的对位法。因此，到了第二百三十九拍时，音乐崩溃了，空气阻塞了，一只鸟一遍又一遍地撞上了一堵透明的高墙。音乐与噪声间的这道罅隙，这一无尽的瞬间，正是这位歌颂者最高的杰作。阿尔达玛听过太多次悲歌了，连接在死者胸口上的心动描记曲线太多次地唱起了这个，然而，他从未听到过死亡发出那样的声音。它就在那儿。

一天晚上，当他手执一杯双麦芽威士忌，品味着拉威尔的演奏会，洛莱娜的父亲来电话了。他女儿虽然已经在麻醉剂的作用下昏迷不醒了，却又挣扎了起来，表情很痛苦。阿尔达玛赶忙冲向了她家，一波肾上腺素把他中毒的意识洗刷得一干二净。

他见到她了，她躺在散乱的床褥上，受尽了折磨。他看了看她的指甲，已经发青了，嘴唇，还是肉肉的。他给了她最后的那针镇静剂，转身走了出去。他依恋地抚摸着她名字的每一个字母，他刚把它登在了那张死亡医学证明上。

许久以后的今天，每当想起那次交会，他的嘴里总还是泛起一阵酸涩的醋味。他的人生经历了多少岁月，迎来了儿女、唱片和演奏会、患者和学徒、情人乃至孙辈。他温驯地衰老着，直到拉蒙的病例撼动了他，给了他这个挑战。

“你那鸭子怎么样？”他老婆问道，两人坐在一家高级餐馆里，今天是他们的结婚纪念日。

阿尔达玛心不在此，他还在琢磨着，在拉蒙的化疗里加入阿霉素和顺铂可能会产生什么样的后果。他还想加上甲氨蝶呤的，可他真不知道它会不会和其他物质起反应。

“啊？”他回了句。

“你那鸭子怎么样？”她又问了一遍。

“很好啊。”他说，心里没什么底气。他刚读了一篇最新的研究，说的是在小儿和青少年横纹肌肉瘤治疗中使用大剂量的干扰素，可他不熟悉这种药物，生怕在预防性阶段就用上它有点操之过急了。“你那个呢？”

“特别好，”她兴奋地说，“特嫩，跟奶油似的。”

两人继续吃饭，没再说话。

九

花大钱住了十五天的医院，拉蒙回家了，继续他康复的过程。照顾他的责任落到了艾洛迪娅肩上，而多年没干律师活的卡梅拉则成了马丁内斯事务所的临时总管，和两个法律系的实习生以及一位（在速记打字员时代）受过良好训练的秘书一起迎接着挑战。他们得把拉蒙没转给同行的那不多几个案子给平安解决了，都是些没难度的官司，问租客追讨欠款啊，制作买卖合同，对过度的处罚提出申诉之类的。

当卡梅拉在补着法律课的同时，艾洛迪娅也在跟一个从事老年人护理的邻居紧张地学习着。她已经会给番木瓜打针了，还会量血压，给便秘的人按摩结肠。她最重要的任务是按照营养师的规定给拉蒙做好三餐。早餐，得给他准备一种巴洛克式的混合液：两个蛋白、一杯牛奶、半个香蕉、四分之三个苹果、一百克煮熟的燕麦和五十克芒果。她会把所有配料都摆在台面上，以炼金术师的热情量好剂量，和配方一一核对，同时高声念出来，才能倒进搅拌机。

“夫人，”有次她跟卡梅拉说，“我可以往里加点仙人掌吗？对静脉好的。”

“还是不要自我发挥了吧。严格按照配方来。”

“那我上哪儿去找芒果呢？”

“菜场没有吗？”

“说要等到四月份了，还得下雨了才有。”

“超市里总有，帮我写在单子上吧。”

总之，最核心的目标就是，在化疗开始前，帮律师增肥。“我再给您拿一杯来呀？”艾洛迪娅总像强迫症似的重复着这句话，“您酸奶喝完了吗？”

同时，她还得保护他免受感染，于是她在家庭卫生方面的努力也翻了番。她会在那些破旧家具上精雕细琢，把它们怒擦一通，一块毛巾洗两遍，动不动就往地上泼含氯消毒剂、给地毯吸尘。每到这种时候，拉蒙就会躲去厕所里，闻着洗手池的味儿，只为躲避那台电器的喧嚣。它还在不断吸取着落在小地毯上的死皮、鞋底带进来的土、墙面在细微的损耗中缓缓掉落的剥蚀物。

艾洛迪娅的工作量加到了原先的三倍，可她的工钱却减少了。马丁内斯一家跟她赊起了账。每周五，她都会毫不扭捏地收下那笔不足数的薪水，可她从未抱怨；相反地，自从拉蒙开始在家康复、必须听凭她唠叨了，她干起活来就更带劲儿了。

“现在您能吃的东西多起来了嘛，”她说道，一边掸着屋里的书柜，“我就思忖着，给您做个辣汤玉米饼糊糊怎么样。只要把脆饼卧到汤里放上一会儿，它自个儿就化了，那叫一个好吃，您就瞧好了吧。”她全未考虑到舌切除术后的拉蒙已经没有味觉了，“而且据我晓得，辣椒这东西还有好多功效呢。我有个姨母，也得了和您一样的毛病，只不过是生在了子宫里。他们就给她打针啦，一打完针，她就不会饿了。后来就有人叫她把磨碎的辣椒敷在长瘤子的地方，说是能发汗。我真不骗您。她三个月就好啦。您瞧瞧，有天我自己胳膊肘上长出来个息肉，我也抹了点辣椒和大蒜，这方子可神了。”

艾洛迪娅的独白就像柔和的背景音乐，叫拉蒙昏昏欲睡。于是，他的午觉总会特长特久，结果晚上就失眠了，被口腔不适和巨大的经济损失搅得翻过来倒过去。为了转移注意力，他会下到书房里，看看卫星天线这时都能收到些什么：上古电视连续剧、软色情电影、福音布道和资讯型广告，几乎都是译制的。

在如此惨淡的节目单里，他最喜欢的是一则资讯型广告，卖的是日本武光刀具组。它真可谓是乱炖中的集大成者：主演是个化装成日本武士的中国人，以及一位用双氧水漂出来的金发女郎，后者的脖子上还套着条像是从成人用品店里买来的围裙。为了展示那些刀具的威力和灵活性，那中国人会用它们切开一系列东西，包括但不限于一个网球、一本百科全书、一只冻得邦硬的火鸡。

“噢这太不可思议了，约翰李！”女人惊叹道，脸上的微笑无比僵硬，仿佛在表演腹语，“我从没想到一把刀竟然可以做到这个！不过……你知道吗，我每次尝试切菠萝时，刀不是卡住就是滑脱，有次我把手指都切断了！我该怎么做呢，约翰？你觉得高科技的日本武光刀具组可以帮到我吗？”

然后就到了拉蒙最爱的桥段：中国武士会叫金发女郎拿个菠萝过来，双手抛给他，像抛橄榄球一样。

“噢约翰，你是认真的吗？”

对此，那中国人给出的唯一的回答便是把切片刀横握了起来，摆出了棒球击球手的姿势。只见那金发女郎怯生生地把菠萝抛了过去，而约翰李不等它落地，就从纵向把它一刀劈成了两半。随后便是特写镜头，落在地上的半拉菠萝，切工堪称完美。拉蒙每次看到这“英雄的一斩”时总会血脉贲张，它绝对配得上广告里那些录好的掌声。

如果拉蒙在接下来的五分钟里打电话过去的话，除了十五把专业级刀具，他还将可以带走一把人体工程学马铃薯切片刀以及一本日式料理食谱。尽管他完全不会烧饭，且极其讨厌日本菜，他仍然想把这套武光刀买下来，好去用在像广告里这么荒唐的任务上。他想象自己手拿一把牛排刀在家里闲逛的样子，见什么砍什么。卡梅拉买回来的那些靠垫至少得给她划拉掉一半吧，客厅里所有的扶手椅都被她堆满了，怎么坐怎么不舒服。还得把饭厅里的那些装饰画给砍了，那些田园牧歌式的风景，本来都是挂在他丈人家的，在拉蒙看来，这就是资本主义的象征，把天堂想象成了一个像他这样的有色人种绝无机会进去的地方。他还要用处理海鲜和生鱼的那把刀吓吓他弟弟，在他颈静脉上来上一小下。最后一次见面时，他劝他把房子卖了，搬到公寓里住，好节省开支；我们的泡塑大鳄欧内斯托就是以这么粗糙的方式给他哥哥施压，逼他尽早还债的。

“你住的这是金矿啊，距离起义者大道也就三条街。你看啊，我们可以去跟我那哥们儿讲讲，他们俱乐部在市政府里还是很有地位的，叫他帮我们弄个建筑许可来，造什么你说，十层办公楼、商场、妓院。我就这么讲吧，建筑公司逮住你都不肯放。你的银子他们会用现金给你的，反正欠我的也不急，你慢慢还好了，你再在这块儿附近找个公寓住住，屁事不就都解决了？”

让拉蒙备感震撼的是，他弟弟怎么就能这么不得体，他真是个天赋异禀的企业家吗？或者只是瞎猫碰上了死耗子？他还记得小时候，他已经在为他的小铅兵们设计复杂的战役了，带领他们的都是史上最知名的将领，欧内斯托却还爬在屋顶平台上学鸽子叫。“你可真蠢。”他对他弟弟讲过无数次，而现在呢，光辉的战略家却欠着蠢货一百多万比索。

这几个月来，拉蒙唯一的安慰便是阿尔达玛医生了，虽然后者的性格挺讨人厌的，拒人于千里之外那种，可他成功让他被国家肿瘤学会接收了，这样一来，他的化疗和化验就近乎免费了。为了感谢他的慷慨，拉蒙总想送他个好点儿的礼物，一瓶干邑，或者更好的，一套武光刀具组。然而，念完了他的倡议，卡梅拉提醒他，家里所有的信用卡都被刷爆了，事务所那点收入都撑不到月底，所以谢礼还是缓缓吧。

第一个疗程的化疗是二月底开始的，小剂量的长春新碱—放线菌素—环磷酰胺三重奏，老近卫军的经典曲目了。为了跟拉蒙和卡梅拉解释这事，阿尔达玛借用了一个军事上的比喻，他暂时选用了药物中的步兵部队，等到确有必要了，再启用机械化部队也不迟。

而第二个疗程——已经包括了异环磷酰胺和干扰素——就对战场造成了破坏。拉蒙的头发开始一绺绺地掉了，还会出冷汗，浑身所有洞眼都在冒着火。他自觉挺凄凉的，平日里就得戴着帽子和围巾，还得滴眼药、抹唇霜、涂肛门膏。做起这些，他感觉十分羞耻，在他看来，这都是老太太或鸡奸者才会做的事。负债之重压迫着他的胸膛，他是还不起的，除非放弃财产：他正在其中萎凋着的这幢房子——一个新居民区里的一栋三百平方米的建筑，他唯一的遗产。

既然没有其他犯人可审判了，拉蒙只能唾弃起自己。我已经屁用没有了，他总结道，当时他正看着卡梅拉递过来征求他同意的文件，化疗的气雾就糊住了他的大脑。还是假装偏头痛吧。他真不愿坦白说，他记不得她讲的是哪个客户、哪桩官司了。

因此，他琢磨起了自杀这件事，在下颚上来一发，铁定就拜拜了。到时最想他的也就是保利娜了，他贴心而脆弱的女儿，此刻正在他旁边看电视、吃饼干。“要我帮你化几块吗？”她殷勤的关切是种安慰，但同时也是对他无能的苦涩的提示。假如他想自行结束痛苦的话，他必须保证卡梅拉不会把房子卖了去抵债。他要怎么做才好呢？他们的婚姻财产是共有的。因此，他得先跟她离婚，把共同财产里属于他的那部分转给她，这样，在他身故之时，她对死者的债权人就不存在什么法定义务了。应他小气鬼弟弟的要求，当时拉蒙是签了个一百万比索的期票的。行吧，一点儿问题都没有。面对债务人的自杀，将会发生什么样的事呢？就是这忘恩负义的东西在最一开始就提议的：把他房子卖了。非常遗憾，在轰开自己的头颅之前，死者和被告离婚了，还在公证员面前把他位于某某地址的房屋的所有权无条件地转让给了被告。

综上所述，债务人死亡时不存在任何可查封的财产。操你妈的蛋去吧，傻瓜蛋。

“你这是怎么了，你笑什么？”卡梅拉问他。

我们就要离婚了，拉蒙心想，为自己密不透风的计划激动不已。先前卡梅拉给他买了个本子，好让他把要说的话写下来，可拉蒙总不记得它放哪儿了，所以他想跟人交流时，每每都得求助于他手边的随便什么纸。这会儿，他抄起张电费收据，写道：

为防万一，我想把这幢房子里我的那部分赠予你，公证写你的名。

“想这干吗？你做的是预防性治疗，医生都说了，眼下没什么可担心的。这栋房子现在是我们的，以后是我们孩子的，你去搞这个做什么？”

我不想欧内斯托把你们怎么样。如果我到时发生点什么，付不出钱的话，我也不希望他闹得你们盆碗叮咣的。他这人真做得出来！

“求你快别想这个了。我不都说了嘛，他一直告诉我们说不用担心，拖个十年也都没事的。下回再见到他的时候，我们都已经还完了。”

拉蒙想不了别的了，这钱他就是不肯付。打从他莫名得了癌、失去了语言能力，他也萌生出了一种感觉：法律已经管不了他了，他再也不用负担任何法定的义务了。反正他也不是自愿欠的账，欧内斯托的钱也不是老老实实挣的。所以最公平的就是，尽管说不出口啊，让欧内斯托把他哥哥的医药费给包了。假如他不肯主动做，拉蒙就强迫他做，通过自己的死。他才不会因为还不出钱而自杀呢，就跟一九九四年危机时欠了一屁股债的那帮懦夫一样：他会有尊严地离开，预先为家人找好了后路，他们不该背上和废人同住在一个屋檐下的包袱。

你就跟我发誓嘛，等我死了，你千万别还他钱，拉蒙写道，字里行间充满了恳求。

“你就犟吧。”卡梅拉道。

第二天晚上，她把两个孩子叫到饭厅里，跟他们说：

“我们得再多关心关心你们爸爸，我看他挺低落的。”

马泰奥心生一股负罪感，他没再主动找过他爸爸。如果说拉蒙在得病前，只是让他觉得有点不爽的话，现在则是让他受不了。扩张型的性格把拉蒙变成了个黑洞，把他周围的所有能量都吞吃了。所以，马泰奥心想，保利娜会这么能吃，就是为了把和他爸爸生活在一起所失去的力量给尽量补回来。马泰奥总有种感觉，拉蒙是看不起他的，他那么害羞、那么灰暗，两人太不像了。

“我们得给他办个生日派对！”保利娜满怀热情。

“我爸不会喜欢的。”马泰奥说。

“还得去说服他吧，”卡梅拉意识到，这可能就是最后一次了，“多好的主意啊，阿保。”

卡梅拉转过身去，和冰箱上的圣佩莱格里尼对视着。圣徒似乎挺满意。

十

两周没来看病的爱德华多是戴着口罩来到特蕾莎的家的，他得了支气管炎。

“都怪我妈。她把公司的病毒带回家了，那儿就跟个中世纪的孤儿院似的，人都不知道肥皂是什么。我跟她讲了一千遍了，到家先洗手，先别摸脸，用上我买的抗菌洗手液。”爱德华多把典型的“施阉割的母亲”的结构模型引入到了他的论述之中，“她刚一开始咳嗽我就叫她去医院了，结果她就疯了。我就尝试着跟她解释，假如她不摸脸的话，传染的概率就会降低80%，就这么简单，可她偏偏不照做，我显然就是被她给传染的。啊，然后她就说了，说她没得感冒，只是冷空气过敏，那我就要问了，她是怎么得出这结论的？冷空气也会过敏的？过敏是种反应……”

特蕾莎听着听着就分心了，她发自内心地想要打断他，跟他对质，她是怀着一种迫切的需要的，他得自愿走出这神经机能病的牢笼，然而，此刻的爱德华多却还在那儿不停地叨叨着，爱抚着他牢笼的铁栅栏，无比洁净的铁栅栏。那么，反观她自己呢？她自己的家就不是一间被心理分析诊所和秘密大麻温室所支配的监狱了？在向那些肿瘤病人提供分析治疗和心理治疗的过程中，她找到了她一生的使命，可这同时也意味着，她的日日夜夜都将充斥着足以致病的成堆成堆的痛苦。她是不是该休假几天了？可暂停诊疗对她心理平衡的影响很可能是毁灭性的。她不想回到她自青年时代便一直深陷其中的抑郁状态里，香烟一根接一根地抽，吃安眠药就跟吃糖似的。从某种角度讲，是癌症把她从先天性的伤悲中拯救了出来，让她去试验大麻的药用，报名参加了互助小组，在床上度过了阅读尤瑟纳尔、巴特勒和卢迪内斯库的一天又一天；多亏了癌症，她认识了瑞贝卡，她最好的朋友；也多亏了癌症，她找到了她的天职。

与此同时，爱德华多还在继续着对他母亲的抨击，继续胡说八道。

"每五分钟她就要跟我说一句，别夸张了。整一个礼拜她都在劝我，说去学校吧，不要紧的，可明明现在就是最危险的关头，我怎么能把自己暴露在外呢？况且我也得考虑到别人啊，哪怕我自己快好了，我也是个传染病学意义上的病毒携带者。这些病已经进化到在宿主的症状出现前或出现后都可以传播给别人了。"

爱德华多突然来了阵心因性的咳嗽。

"那你觉得你什么时候才能回去上课呢？"特蕾莎问他。

"下周一吧，大概。"

特蕾莎沉默不语。爱德华多就又说了下去。

"我觉得我确实有必要换到那种网上的课程。"

"你跟我说过，那授课质量要差很多。"

"是的，但假如我注定得缺这么多的课的话，我在系里注册了又有什么用呢？我这都落下一整个学期了。"

"艾米莉亚就不能帮你补补课吗？"这句话一出口，特蕾莎就意识到，她刚刚扮演了一位好管闲事的母亲的角色。她是精神分析师，可在潜意识里，她一直拒绝接受这一点。

爱德华多许久没答话。特蕾莎不敢相信自己竟能这么蠢。她的思维中仍然残存着些许拉康派的痕迹，这是唯一不允许它的实践者坦言自己平庸的学派：其实，分析师的大脑也是那样的普通，那样容易受到患者的影响；在自身的恐惧和欲望的投射下，它是那样的脆弱。

“我有这么明显吗？”爱德华多问道，他看着挺尴尬。

“嗯？”特蕾莎重整旗鼓。

就在那一刻，爱德华多变成了个会为同班女生着迷的普通小伙子，尽管他了解的只是她的外貌、她在课上犀利的评论，以及她三个月前问他借笔记时的那份生硬。不过除此之外，倒是还有个细节、一个心理层面的诱饵：她从来不行贴面礼。爱德华多非常注意她在课前课后跟人的互动，在走廊或是大厅，或是在文学系的院子里；只要有人上去跟她打招呼，想亲吻她的脸，她就会伸胳膊张手，礼貌而疏远地拒绝对方，顺便赔上个南极洲般的微笑。爱德华多也不知道这种值得称赞的行为是出于和他一样的卫生原因——实际是恐惧——或者只是一种粗劣的叛逆的表现、一种表达她对社交惯例的轻慢的方式。

绝望的爱德华多边说边在长沙发上翻过来转过去，把床单也弄皱了，鞋底的土都沾到了上面。特蕾莎纠结着，是继续用精神分析法探究他心灵的角落呢，还是担起皮条客的角色，就如何征服一个女孩给他一点实用的建议。如果爱德华多在追求她的过程中急于求成，导致最终失败了，这样的挫折是有可能会让他再度加固他神经质的防线，从而引爆那颗所有欲求不满的男人心中都藏有的厌女症的炸弹的。

“你有什么想法吗？”他问特蕾莎。

“你具体想要干吗呢？”特蕾莎反问了一句。时间快到了。

“我也不知道。最差的情况大概是，她是摩门教徒，不行贴面礼是因为贴面礼是罪过，怕贴着贴着就怀孕了。”

“你是这么觉得的？”

“没有。实际她超级聪明的，可话说回来，我真不知道该怎么接近她……”

“你看我们下周再继续？”

爱德华多从沙发上坐了起来，把床单塞到个塑料袋里，戴起口罩走了。

十一

周五，拉蒙生日，他醒了过来，万万想不到这天的他会接连被卷入联邦法中的两项罪行。

其中的第一项是由艾洛迪娅实施的，她来上班的时候带来只双黄头亚马孙鹦鹉，由于濒临灭绝，它的买卖是被《联邦刑法典》第四百二十条第四、第五款所明令禁止的。

“这样美妙的小早上，大卫王曾把你歌唱，我们把动听的旋律，献给英俊的大律师！”① 拉蒙正看着电视呢，她走进了书房，手里提溜着个金丝雀笼子，里面那只黄头泥脚的秃毛鹦哥儿正佝偻着背脊，站在那根极细的吊杆上，“瞧我给您带什么生日礼物了！”她双手把鸟笼举了起来，就跟它是什么战利品似的。

她把笼子放在了桌上。这是只没多大的雄鸟，只是在索诺拉巫术市场过得挺惨，被糟蹋得不像样。这只可怜的鹦鹉像是得了紧张症，都是之前给吓的，跟艾洛迪娅一起在中巴车上抽了得有整一个小时吧。除此之外，它似乎还病了，一副营养不良的样子。拉蒙当下就对这只毫不优雅的鸟儿产生了同情。

艾洛迪娅眉飞色舞：

“都说这鸟特别能讲，我才挑的它，”笼子散发出一股报纸和

---

① 歌曲《小早上》在墨西哥常作生日歌用。

烂番茄混合的味道，“回头我们好好教教它，您一有事想喊我，就让它帮您喊呗。”

这个主意实在是没经脑袋，因为鸟和狗还不一样，就从没听说过叫鹦鹉帮忙的。狗是可以导盲的，但鹦鹉不能给哑巴做代言。虽然荒唐，拉蒙还是很感谢这礼物，他才不管买卖鹦鹉是不是合法呢，他越来越不在乎法律的什么美好企图了。

“我刚在教它我的名字怎么念，”说着，艾洛迪娅转向了鹦鹉，“说艾洛迪娅！艾！洛！迪！娅！艾洛迪娅！还是说，让它叫我艾洛好呢？就跟小时候似的？”

拉蒙闭上眼睛，耸了耸肩，没理会她的问题。

“您是喜欢它的吧？”艾洛迪娅问道，她把所有积蓄都花在了买这只鸟上。

拉蒙很真诚地点了点头。这只鹦鹉仿佛拥有非同一般的智力，远远超过它这么小的头部所能装下的那些。它大大的眼睛在用怀疑的目光探查着世界。拉蒙很满意鹦鹉在看他时所怀抱着的兴趣。

“他们说它身子骨很弱，所以毛都秃了，玩得太多伤了，但慢慢会好的。”

这点拉蒙是不信的。说不定这只鹦鹉也和他一样，得了什么毁灭性的重病呢。很可能它无毛的胸膛和充血的脚丫子就是凶险的兽医化疗给害的。鸟笼很窄，就跟病床一样，饮水槽是干的。那种康复中的渴，拉蒙再了解不过了，像匹小野马似的。他打开笼门，把那只空塑料筒拿了出来。鹦鹉定在杆子上没有动。

“快看，”艾洛迪娅惊叫，“它跟您多有缘呐。先前为了不被这病篓子咬到，我连手都得包起来。”

拉蒙把饮水槽递给了艾洛迪娅，让她到厨房去灌满。这会儿只剩下他和鹦鹉两个了，为了打破坚冰，他就在心里跟它说：我看你也跟我差不多操蛋嘛。

卡梅拉洗完澡，下来吃早饭，发现书房里有只病鸟。

“鹦鹉哪儿来的？”她一进饭厅，便气冲冲地问道。

“我带来的，给律师的礼物。”艾洛迪娅挺骄傲。

拉蒙心情不错，他正要喝完那天早上的第二杯糊糊。

“哎，艾洛迪娅啊，真不好意思，”卡梅拉说道，“但医生讲了，我们家不能养宠物，至少在拉蒙治疗期间不行，会感染的，而且它看着像是病了，”她的语气很自负，“像被什么轧过了一样。”

听到他老婆的最后一句话，拉蒙自觉对号入座了，此外，他也不觉得鹦鹉应该被归到宠物那一类。宠物嘛，就得是那些哺乳动物，成天不是舔自己屁股，就是闻别的宠物的排泄物；就得是那些猫科动物，动不动就划拉家具、尿尿标记地盘。鹦鹉更应该被归类为观赏鸟，它更接近于花瓶，而不是猫狗或仓鼠——保利娜打小就花了老大工夫来养这种恐怖的啮齿动物，直到有一天，其中一只生了一窝小崽，而另一只把它们给吃了。

“您觉得需要的话，我可以带它看医生去，”艾洛迪娅采取了守势，“让人看看它到底病没病。”

“不是说病的问题，拉蒙现在抵抗力很弱，什么东西都有可能影响到他的。所以我说，”她转向了她丈夫，“你不准进书房了，等吸完尘、透完气了再说。”只见拉蒙的上下嘴唇咧出了个明明白白的“嘁”，而卡梅拉以一道命令结束了这段对话，“所以艾洛迪娅，我可以麻烦你把它拿到院子里去了吧？就现在，马上。”

艾洛迪娅没好气地照做了。拉蒙也没想去掩饰他的怒火。

“门儿都没有，”卡梅拉作出了终审裁决，“我也觉得挺对不起她的，可我们真不能冒这险。那什么，待会儿下午，艾洛迪娅和保利娜会准备点派对用的东西，你就上楼待在房间里吧，到时给你个惊喜，好不好？”

拉蒙已经对举行这次晚宴表示过反对了，因为潜在的客人就那些，所以实际上，这就是一次家庭聚会，来的也就是欧内斯托一家，以及少数几个一年也就能吃上一两次饭的朋友。由于拉蒙把社交精力百分百都投入到了培育客户上，他渐渐地就没有很亲的朋友了，此时真正关心他术后情况的也就只剩卡洛斯一个了。

卡梅拉在拉蒙旁边坐下，快速吃起了艾洛迪娅每天早上给她切好的果盘。过了不一会儿，艾洛迪娅从通往院子的那扇门回到了饭厅。

“我把它放在外头了。把那小家伙给冻的。”

让艾洛迪娅把鹦鹉带走，拉蒙是无论如何都不会同意的，但发不出声音的他已经学会了在费老劲找来纸笔、阐述观点之前，先把论据给想好了。他决定，等卡梅拉从事务所回来了，再当面甩出那个不可上诉的判决：留下这个既可爱又荒唐的礼物。

正午时分，拉蒙来到了后院，这是几周以来的第一次。鸟笼被放在了花园的桌子上；说是桌子，其实就是个圆形的铸铁架子，当中插了把褪色的遮阳伞。鹦鹉仍旧停在它的杆子上。佝偻的体态让它看着恭顺无比，像是羞耻于自己饱受摧残的容颜。

拉蒙从桌边那圈极沉的椅子里拽了把过来，坐下了，把手伸向了栏杆，鹦鹉勇敢地跳下来自卫了。唉，你别动气啊。只见那鹦鹉削尖的喙里，有根暗色的大舌头。

你长了张叫贝尼托的脸，拉蒙心想，就叫你贝尼托·华雷斯①吧，美洲第一功臣的名字。这人倒真可谓国父，不像伊达尔戈和莫雷洛斯，就俩爱干仗的神父，还有呆瓜马德罗②，喜欢跟死人讲话的科阿韦拉州富二代。相反华雷斯很务实，且他非常清楚，这个国家必须往前走。他革新了所有的法律，把教士和军队的特权取消了，做了一堆他妈的事。这才叫革命呢，推翻迪亚斯③的那叫什么？强盗头子瞎胡闹。今天的人倒是都把华雷斯说成是卖国贼了，可是你想想，不跟美国佬达成协议，这个国家就会被欧洲人占了，要你怎么选呢？这孙子才叫胆子大。你能想象吗，在那个年代，一个萨波特克人当了总统？我再说一遍，他是真他妈有种。现在还有人骂他，说是他下的命令，枪决马西米连诺一世，那么好，对于一个欺世盗名的主儿，都自称墨西哥皇帝了，你要拿他怎么办？罚他的款吗？我就说了，这些人呐，对于“统治是

---

① 贝尼托·华雷斯（1806—1872），墨西哥民族英雄，拉丁美洲的解放者之一，于1858年至1872年间担任墨西哥总统。

② 全名弗朗西斯科·马德罗（1873—1913），墨西哥总统（1911年至1913年），他推翻了墨西哥独裁者波菲利奥·迪亚斯的统治，但在当权后却无法有效巩固新政府地位，在1913年被迪亚斯残党刺杀。

③ 全名波菲利奥·迪亚斯（1830—1915），独裁者，1876年至1911年间担任墨西哥总统。

什么”真是一点儿概念都没有。

那鹦鹉也觉得眼前的这人挺有意思，和它认识的所有人都不一样，不会发怪声、做怪相，搞得它一头雾水的。这个男人有分寸的目光和绝对的缄默都让它备感安慰。慢慢地，在这个被盆花和灌木环绕的院子里，它放松了下来。一旦习惯了拉蒙的存在，它便用它掌握的句子之一抒发起了它的好心情：

“傻瓜！”它用尖锐的、便秘一样的声线喊道，“傻瓜！”

自打肿瘤粉墨登场，拉蒙还没好好笑过，这是他许久以来的头一回。从他口中发出的那种突变了的声音更像一头捍卫领土的海狮的咆哮，而不是人类对于快乐的表达。对此，那只鹦鹉也给出了它的回应：

“扯鸡巴蛋吧！”

拉蒙继续大笑。而在目睹了这位陪同人员出乎意料的反应之后，鹦鹉也强调了它的惊讶：

“扯鸡巴蛋吧！”

艾洛迪娅并不知道这只鹦鹉在市场里学到了大把保留曲目，诸如此类的脏话。听到叫声，她从厨房窗户探出了脑袋，见拉蒙在椅子上发抖，她便着急忙慌地小跑了过来。

“老爷！您没事吧？”

拉蒙摆了摆手，示意她不用紧张，他很好，是真的好，比任何时候都好，打从他失去了说话能力、再也骂不出这些句子了，他还从没这么好过。

“做鸭的唉——！”就在那一刻，鹦鹉又发话了。

“闭嘴你个秃瓢！”艾洛迪娅道，“要被夫人听见了，还不立马把我俩撵出去？”

拉蒙进了屋，上楼洗澡去了，心情无比地灿烂。甚至在照镜子的时候，他也没有一丝不快，随后他就踏进了淋浴房。他在花洒的热水下舒服了好一阵子，精雕细琢地搓洗了一番，好把浸透他皮肤的病人气息弄掉。他用手指把头顶上仅剩的几根毛发梳了又梳，又拿起剃须刀刮起了他形而上的胡子，给自己糊上了超量的润肤乳。由于他最近的衣服已经大出他十码了，他穿上了被他雪藏的年轻时的行头，那会儿，他周末夜的狂热还没有被连根拔除呢。他为自己成功捍卫了这些衬衫和裤子而小小庆祝了一番，卡梅拉曾经好几次想把它们捐献给一家精神病院。

穿戴完毕，他又来到镜子前，而这回，由于整套衣服都是他青年时期留下的，这就让他显得空前地憔悴了：干瘦的脸颊、深陷在黑眼圈里的眼睛，活像一具瓜纳华托的木乃伊。他想象着他如此这般的面容会在他生日晚宴的宾客中造成怎样的惊吓。他深感遗憾：他的家人，尤其是他女儿，花了这么大力气在组织这场宴会上。要怎么做才能取消它呢？他一闪念，要不假装昏迷吧？风险就在于，如果卡梅拉叫救护车了，把他送去了私人医院的急诊，那么，在那儿集结着的那群兀鹫为了从他这里讹钱，连孕检都是可能给他做的。他又幻想着要落跑。叫辆车，到哪个谁都找不到的五星级酒店去住一晚，他会发消息叫他们不用担心的。然后嘛，他就洗洗泡泡浴，叫叫客房服务，放部黄片儿，两腿一岔想怎么睡怎么睡，不用听着卡梅拉的呼噜了，一早再下去自助餐那儿胡吃海喝一顿，临了，把拖鞋、香皂、洗发露一并顺走。是艾洛迪娅的一吼击碎了他的快活：

“老爷！糊糊好了！”

马泰奥和保利娜一从学校回来，就被艾洛迪娅催着去了院子里，去看她给律师准备的礼物；她想的是拉拢他们，好让他们在母亲面前支持她，把鹦鹉留下。

鹦鹉满怀不信任地接待了他们，它直板板地定在那根杆子上，一句蠢话都没有讲。马泰奥道：“它胆儿真小啊。”保利娜则说：“真吓人。”两人都没有表现出丝毫的热情。保利娜问起有什么吃的。

“面汤、烤鸡。”孩子们对于鹦鹉的冷漠叫艾洛迪娅很是伤心，“就为这顿晚饭，我收拾得都要累坏了。”

“我们什么时候做甜点？”保利娜问。

“你们吃完就开始吧。”

两人喝汤的同时，艾洛迪娅还在继续密谋着为鹦鹉拉选票。

“看你们的爸爸跟它玩得多好呀，可坏就坏在，你们的妈妈说不能留下它，爸爸听了可伤心了。我自己家里还养了肉鸡、火鸡和狗呢，都放在外面到处跑的，我还给圣巴托洛节养过舒胖子。”

“这是什么？”

“一个圣人，耶稣的徒弟，行过好多奇迹嘞。”

“不是，我说舒胖子。”

“哦，就是猪崽嘛。可它们实际不脏的，只是干燥容易起皮，不过吃东西倒真就是乱吃的，也不管是不是我们拉在茅坑里的……”

“呕啊，要吐了，艾洛。”保利娜说。

“你就直接告诉我们那头猪怎么了吧。”马泰奥道。

“啊，就说我们给它养膘嘛，为了过节用，结果有天就下雹子了，下可大了，就看那一块块的冰啊，都跟番石榴那么大。我们怕舒胖子给雹子砸死嘛，就把它抱到家里来了，瞧它安静得唷，你们就把它想成是条狗吧，差不多也就那样了。我们就在那儿摸它、拍它，也没人得病啊，难道一只鹦鹉还会更糟了？”

“我到网上查查吧。”保利娜说，“不管怎样，它是没冲我叫唤。要知道我爸超虚弱的。”

“是啊，”艾洛迪娅有些丧气，“那你查查吧，看看网上怎么说。”

卡梅拉到家的时候，晚饭已经做好了——奶油胡萝卜浓汤、炒牛肉末、巧克力布丁：都是软乎的、拉蒙吃着不怎么费力的东西；桌子也已经摆好了——玻璃高脚杯、高档刀叉、布餐巾、瓷制的碗碟。卡梅拉粗粗一扫，就发现，肉没炖够时候，酱太稀，布丁里奶油倒多了，杯子上的指印暴露了拿捏的部位，而粗放的餐刀是背着盘子摆的，因在玻璃柜里待了太久而覆满了灰尘。

拉蒙找到她的时候，她在重摆着餐具，他给了她一份声明，上面详述了他决定留下鹦鹉的理由。首先他的考虑是，把它退回去“对于我们家这位忠诚的助手”是极其无礼的。此外，他觉得，完全可以把照顾鹦鹉这件事托付给两个孩子，“以此强化他们的责任感，这对他们的教育是相当重要的”。最后，他感觉那卖鹦鹉的是不会同意退货的，所以它最后只能住去艾洛迪娅家，那生活环境就十分糟糕了：“相比之下，把它留在这里要合适一千倍，我们可以确保它健康、卫生，而不是眼看着这小家伙在艾洛迪娅家染上什么毛病，她又没条件养的，再通过她本人把那些更危险的病灶传给我。”拉蒙隐去了他想留下鹦鹉的最主要的原因——他喜欢它——因为他觉得，对于一个成年人来说，这有点太不得体了。

这封信并没有说服卡梅拉，它唯一起到的效果反倒是更加坚定了她的决心。为了不让厨房里的艾洛迪娅听见，她低声答道：

“要是不能退，我们就给她钱呗。让她孩子留着，或者送给哪个想要的。”我想要啊，拉蒙想。“要是她觉得我们伤害她感情了，那非常抱歉，我们不能为了讨好一个保姆而去冒这么大的险，有这点就足够了。”

我们咨询一下医生再决定吧，好不好？拉蒙写道，用词很和缓。说不出话这件事从很大程度上抚平了他独断的冲动。

“行吧，那就问问好了。但眼下她得把它带走，我真怕你感染。”

就放外面吧。

“可它看着像是病了啊。”我就没病吗？“你指你干吗？跟你一点关系也没有。再说了，周末谁看着它？我可不想被它咬。”拉蒙又想反对，他正要动笔。“求你别跟我争了好不好？已经这么晚了。到时只要医生同意，我们就叫艾洛把它拿回来。”

在没有生理反驳权的前提下跟人辩论实在是太费劲了，拉蒙认输了。不愿眼睁睁看着鹦鹉离开的他上到了二楼，把自己关进了房间。

他又去照镜子了。看到那张脸，人只能产生两种感觉：怜悯和厌恶。他觉得自己就好像刚从纳粹集中营里出来，在窝棚外被拍到了，就是那种在填满尸体的坟坑之间的疲弱而困惑的幸存者；他也知道，两者之间的差距何止千万倍，可他并不能把那种荒谬的感觉从他的大脑中赶走：此刻的他正做着和他们一样的囚徒，成了和他们一样的幽灵。

是卡梅拉打断了他自恋的自虐：

“我马上化完妆就得去买番茄酱了，希望我来得及。”

她在梳妆台前坐下，开始勾起了眼线，而眼看着卡梅拉在睫毛膏的衬托下整个儿变了个人的拉蒙也仿佛感应到了耶稣的显圣：他也化个妆呗？说不定就能遮住他遗体般的尊容了。可问题是，他真的要用异装癖的行径来庆祝他五十岁的生日吗？为了不让客人们见到他发灰的面孔、黑色的眼窝、深陷的脸颊，为了不让他们恶心他的相貌、可怜他的现状，拉蒙已经准备好要在今晚背叛他高傲的大男子主义的形象了，以前他一直都是看不起任何女性化的用品和习惯的。

他抓起本子，打开到写有鹦鹉好处的那一页，又把它翻了过去，盯着空气看了会儿。他不希望自己的用词传递出一种迫切的感觉，或者更糟糕的——扭捏。有没有可能在请她帮他化妆的同时，又不至于让她质疑他的阳刚呢？他在脑子里排演着。略微给我化化妆吧。给我抹点你的化妆品？我这看着也太操蛋了。有没有像个吊死鬼？可当下滑稽的处境不允许他把一切想明白了。卡梅拉快好了，她化完妆就得走了。于是心急火燎地，拉蒙写道：

我脸色太差了。能给我涂点什么吗？

这样一来，他就暗示了化妆这件事，又没有明确提到它，只待她自己说出来，这显然就是她的主观故意了。他殷勤地把本子递给了她，将所有积怨都藏了起来，不然，又是鹦鹉的事，又是违背他意志的晚宴，她真得为此负责的。

“不用担心，”卡梅拉回应道，“谁会注意你呢？”

谁都会的，拉蒙心想，也包括他本人。他这一整天来都在透过别人的眼睛看自己；那副光景可真让人受不了。

给我抹点儿油啊什么的。

“现在抹也来不及了啊，黑眼圈没那么快消的。”

拉蒙将目光转向了梳妆台，又抬了抬他眉毛的残迹。她终于明白了：

“你想我给你化妆？”卡梅拉问道，暗自好笑那番景象，给他化妆？这男人平时都是拿棕榄牌洗手皂当剃须膏使的。

但凡有力气的话，拉蒙早已经脸红了。

“会很看得出来吗？”

“我觉得不会。得给你打个底，再加点儿遮瑕。你确定想要吗？”

出于尊严，拉蒙假装犹豫了一会儿。随后他点点头。

“OK！”她激动了，“来这儿坐吧。”

欧内斯托是带着家人一块儿来的，还带了瓶微陈级的龙舌兰。由于化疗给肝脏造成的压力，拉蒙是被严禁喝酒的，看到那剂微陈万灵药的他顿生一阵心酸的眷恋。他的侄女们一见他，都吓了一跳，还是被阿莉西亚推着才上前跟他贴了面问了好。而她自己则为大哥带了个礼物，是块木头板子，上面刻了一个十字架、一只鸽子，以及一句格言，格言是这么说的："当你感觉无力站立时，就跪下来吧。"这句受虐狂般的口号，她是在一个专卖修女手制工艺品的百货店里买到的。拉蒙还在努力适应这荒谬的礼物呢，她又补了一句：

"你可以把它放在一个特别的地方。"

垃圾桶里吧，拉蒙心想，丝毫没有掩饰他的厌烦。

"怎么，收到这个是不是有种操你娘嘞的感觉？"欧内斯托问道，以他一贯的粗俗，"我就跟这老顽固说了，拉蒙不信上帝，可这人不理我。你叫我怎么办？所以我每次都带喝的。"

"这画多漂亮啊，"卡梅拉说，一边把它从异教徒手上撤了下来，"我觉得我们会把它挂到卧室里的。"

紧张的气氛在青橄榄、奇瓦瓦奶酪块、火腿卷和休闲炸猪皮中慢慢化解了。又过了一会儿，卡洛斯和劳拉来了，提了瓶香槟，同样是拉蒙享受不了的。卡梅拉接过瓶子，把它放进了冰箱，过程中，就遇上了那块赐福的圣佩莱格里尼冰箱贴；她乞求它今晚能赶走家中的不和。

与此同时，一阵尴尬的沉默笼罩了客厅。最终，是卡洛斯打破了它，抛出了一个简单疑问句，如今的拉蒙也只能回答是或不是了。

"你还记得马诺罗·伊卡萨吗？跟我们一起上过刑诉法的。"

他太记得他了，这人就是金发未熟版的演员毛里西奥·加尔塞斯。他能进到墨西哥国立自治大学完全是仰仗着他家族的影响力，他那些叔叔、爷爷辈的亲戚在校长那儿说话很好使。他的学习成绩是属于中等偏下的，但俘获女性芳心的能力则远超常人。

“你可站稳了啊。虽然还没有正式公布，可最高法院院长的三个候选人里就有他。”

“怎么，这人很讨人厌吗?”欧内斯托问了句，拉蒙开始在本子上奋笔疾书：他娶了阿莱曼总统的孙女，要不然的话，他连首都法院的书记员都做不到。

“他娶了米格尔·阿莱曼的孙女，”卡洛斯道，“半个韦拉克鲁斯州都是他们的，你就想象一下那权力吧。可他本人就是个废物，老兄你说呢?”被问到的拉蒙自愿放弃了把这些话再重复一遍的机会，他把刚写的给划了，泄气地点了点头。

“这就是个寄生虫啊，”卡洛斯讲了下去，“当时他考试怎么过的？请老师到他阿卡普尔科的家做客。有人说，他搞了好几次那种销魂派对，有女人，有毒品，还叫了好多电影明星来。”

拉蒙开始写起了一件耸人听闻的轶事，里面涉及马诺罗·伊卡萨，还有伊格纳西奥·布尔戈阿·奥利维拉的女儿，这是当时最叫人害怕的一位教授。可当他写完的时候，其他人已经在谈论政客奢侈的生活了，所以他的时间又一次打了水漂。他连忙凑出两句句子，把本子递给了卡梅拉，叫她大声念出来。于是，待卡洛斯骂完了科阿韦拉州长，卡梅拉说道：

“看啊，拉蒙是这么讲的：‘得要有一个反腐败检察官，但别叫参议院的人来选。’”

就在这一刻，欧内斯托的手机响了，他当场接了起来，洪亮的声音吸引了所有人的注意，没人再接着拉蒙的话说下去，后者已经糟透了的心情开始逐渐发酵了。

当欧内斯托终于行行好打完了他的电话，现场的议论复又开上了那条老生常谈的路，时常说着说着就没声了——满怀期待的空白——而这时拉蒙就会开始书写他的意见。在喝完了当晚的第四杯龙舌兰之后，欧内斯托说能不能有谁给他哥拿块黑板过来，他好讲快点，不然这顿饭要吃到凌晨三点了。在场的没人觉得好笑。而阿莉西亚试图用一句没营养的恭维话把它的伤害降到最低点：

“有这么好的下酒菜，我们一点也不急呀。”

“还是实际点儿吧。”欧内斯托道，“不过坦白说，律师就没一个实际的，哪个不是在那儿一个劲儿地瞎叨叨。”

“再说一句，我告你啦。”卡洛斯调侃道。

欧内斯托正准备接着胡说八道，是卡梅拉制止了他，说还请桌上坐吧。在从客厅去往饭厅的路上，拉蒙还在思忖着卡洛斯和欧内斯托之间的对话，心想，诽谤、侮辱和诋毁被从联邦刑法里剔出去已经是好几年前的事了。这样的删除，信号太明确了，这年头，话语有多不值钱，以至于按照可笑的《名誉、个人形象和私人生活权益保护法》，哪怕告人诽谤告赢了，赔个一万七千比索也就顶天了。

拉蒙作为东道主兼寿星，得坐主位，这么一来，他也就更容易被谈话所隔绝了。卡梅拉坐在他的左手边，而坐在他右手边的欧内斯托则在争当着关注的中心，不停地讲着低俗的段子。这点，再加上要捞胡萝卜浓汤上的炸面包块难度也挺大的，就使得客人们都忘了转头去看拉蒙了，所以造成的最终结果就是，拉蒙被彻彻底底地排除在谈话之外了。

身为无言的见证者，拉蒙的晚饭是一小份浓汤，以及卡梅拉单独给他盛的一盘碎肉末；没有了舌头在牙齿和喉咙之间掌管食物的移动，咀嚼就成了个极为费时的工作。为把东西咽下去，他得仰起头，剩下的就看重力了。整个过程异常地缓慢，声势也挺浩大。当所有人都吃完了，拉蒙的肉末还剩一大半，他只好违心地示意卡梅拉他饱了，把盘子撤了吧。

保利娜和马泰奥先前已经和欧内斯托的女儿们一起在饭厅吃过了，此刻过来帮忙收拾了桌子。几分钟后，卡梅拉关了灯，只见保利娜从饭厅出来，手上端了个浅口玻璃锅，里面盛满了巧克力布丁；布丁中央闪烁着独一根蜡烛，又粗又长，像复活节时用的那种，杵在黏黏的奶油里，微微有些歪斜。一等保利娜把甜点放到他爸爸跟前了，卡梅拉挺出根手指把蜡烛扶了扶，示意所有人唱起了《小早上》。拉蒙忍受着走调的旋律，把目光定在了意味着他五十岁的火苗上。这是个准确的象征，无常，环绕着它的是噪音和黑暗。鼓掌。保利娜催他，许个愿吧，该吹蜡烛了。拉蒙想象着所有这些人在他葬礼上哭。他无力地吹出一口气，突如其来的一阵咳嗽。生日快乐。

拉蒙看着在他盘里散开的布丁，把它和一条消化不良的狗的稀屎联系了起来。在分甜点的时候，卡梅拉开玩笑说："你的给你放这儿啦。"众人礼貌地笑了笑。

卡洛斯去拿了他带来的香槟，把它倒在了刚洗好的杯子里，提议一起干一杯。卡梅拉当下就凑近了拉蒙的耳朵，提醒他不能喝酒，假装咪一口吧，回头她会帮他喝完的。

“亲爱的拉蒙啊，”卡洛斯说，“我们两夫妻祝你继续当好我们所有人的榜样，做勇于斗争的楷模，祝你新的一岁里心想事成，干杯！”

“干杯。”众人凑合跟上。

欧内斯托已经彻底醉了，把香槟一口闷了，道：“酩培里侬：美，这叫一个美。”

拉蒙立刻就注意到了他的错误，卡洛斯带来的是酩悦，比香槟公主唐培里侬要便宜得多。欧内斯托把两个牌子混到了一起，这可以是一个无伤大雅的口误，但拉蒙觉得他弟弟是成心的，就想损损他朋友。

欧内斯托倒在了桌上，一手抓起香槟瓶子，往他自己杯子里倒干了，他的杯子早满了。拉蒙眼看阿莉西亚的脸抽抽了起来，尴尬她丈夫喝酒的速度。她悄无声息地怼了怼他，不想他大声回道：

“让我喝好了成吗？操他妈的，连酩培里侬都不让喝？”

拉蒙十分享受他弟弟此刻正在演出的这场闹剧。

“我想我们这就走了吧。”劳拉对卡梅拉说，语气中传递出一种“与己无关的遗憾”，典型墨西哥式的同情。

卡洛斯坚定地点了点头，大概也觉得“酩培里侬”是在取笑他，心里不太爽。

“你们等等啊，”欧内斯托喊道，“还早呢，我们这是在庆祝我哥哥的生日，他都专门为你们化妆了。”

晚宴之初，拉蒙没发觉别人见了他的脸有什么异样的反应，还就安心了，想着卡梅拉的雕工还挺妙。而现在呢，被他这么一提，谁就都没法无视这一点了。他确实化妆了，且这件事被他弟弟用这种方式说出来，就更显屈辱了。拉蒙特想诅咒他，至少在心里羞辱他，用假想的臭骂淹死他，好宽解这份无声的暴怒，可是没有，没有哪怕一句话、一个词，听从他仇恨的召唤。所有的脏话都已经离他而去了，齐聚在了他缺席的舌头的尖端。

阿莉西亚又一次嘟哝出一句责备的话，对此，欧内斯托女腔女调地为自己辩护道：

“可是看着好酷的。”

无论哪个字里都找不到对拉蒙的怜悯。他一下从椅子上弹了起来，抄起酒瓶子就朝他弟弟抡过去，后者将将能够护住脸。瓶底正中欧内斯托的脑门，他为躲过这一击，在桌上拍了个狗啃屎。阿莉西亚把他护到怀里。

酒瓶还在拉蒙的右手中发颤，卡梅拉命令他放下，他不听，却转头看着她，眼神像头被困的狮子。

听到吵闹声，保利娜和姑娘们都从书房里跑了出来，她们正聚在那儿看电影。结果呢，她们撞见了一场餐厅争端，一幕资产阶级的讽刺剧：欧内斯托想要站起来，未果，只能在那儿叫嚣辱骂，是阿莉西亚和卡洛斯二人联手把他按在了椅子上。而在另一边，劳拉和卡梅拉则紧紧夹着拉蒙的胳膊，试图把他架到厨房去。

“还钱！”欧内斯托气得嘴边都是沫沫，“你个臭狗屎！现在就给我还出来！”

“你闭嘴好吗！”阿莉西亚求他了。

劳拉和卡梅拉还在跟拉蒙较劲，他一直想要挣脱。

“你要死了！你个神经病！”欧内斯托预言道，肾上腺素让他醒了酒，“这都是你的报应！”

阿莉西亚想去捂他的嘴，却意外被咬了，尖利的号叫穿透了马泰奥的耳机。他一直把自己关在房间里，还不知道下面都吵成这样了。他匆匆下楼，见所有女孩都在哭，两位女士在安慰她们，卡洛斯则在把他叔叔往大门那儿拖，后者嘴里还在喊个不停：

“出来呀，你个大怂包，看看谁来付你的棺材钱！”

拉蒙听到了，他仍旧在厨房里，被他老婆顶在灶台上。他大口喘着气，越来越为自己刚才所做的事高兴。他犯下了《联邦刑法典》第二百八十九条中的罪行。他心里巨爽。

喊声逐渐远去，直至消失不见，劳拉从厨房门的另一边通知他们，其他人已经走了。

卡梅拉倒了杯水，把杯子递给了拉蒙。一个莫名其妙的动作。她老公不是因为口渴才发的火。也还没到吃药的时候。之所以会有这杯水，是为了填补一个难以承受的空白。拉蒙接过来喝了口。他仰起头，感到白水寡淡的清凉落入到了他的体内。当他重新把目光放下，对上的是卡梅拉茫然的眼神。

我有什么好看的？

下　篇

疾病并非隐喻，而看待疾病的最真诚的方式——同时也是患者对待疾病的最健康的方式——是尽可能消除或抵制隐喻性思考。

——苏珊·桑塔格[①]

① 引自苏珊·桑塔格《疾病的隐喻》，程巍译，上海译文出版社出版。

十二

阿尔达玛夫妇抵达华美的圣母无原罪教堂时，婚礼就要开始了。他们之所以会出席，是应了新娘父亲的邀请。这是一位肺科大夫，转过不少病人到华金的私人诊所去。

大夫没考虑成本，现场到处都是缎带、彩结和花束。一帮无聊的狗仔队员聚在教堂门口拍那些来宾，他们大多都按着装要求穿燕尾服、戴领结或着长裙。偶尔有两个不讲究的，会戴小丑领结来，或是穿着性感的超短裙。阿尔达玛夫妇严守了礼节；华金憎恨任何不将白大褂包含在内的着装要求：为了躲在那份优越感后面，这是他必不可少的行头。而在教堂里，这还不是唯一叫人不爽的：各种腰带、租来的衣服——不是太大就是太紧——高跟鞋、迷你包、过度的妆容、一看就是沙龙做的头、一直捂着的那身汗、吃饱了的困倦，以上这些困扰着大部分因领到请帖而不得不来的人，他们根据无形的亲密度排序被安排在了教堂的各部：和新人关系越近，坐得就越靠前。

阿尔达玛夫妇在倒数第二排落座，他们的正上方就是唱诗台；当那个小型的室内乐队演奏起了菲利克斯·门德尔松的《婚礼进行曲》，把它拉了个稀烂时，新人和伴郎伴娘们也列队通过了中央的走廊。根据音乐家们演奏的水平，华金得出个结论：这得是哪个聋哑学校的学生乐团吧。

待《婚礼进行曲》一结束，开始弥撒部分了，华金就开小差，想起了拉蒙的横纹肌肉瘤。照路易斯·拉米雷斯泛灵论的比喻，这种癌细胞的行为就像个“社会主义小二货”，罕见的利他主义者，老为邻居着想，自个儿则坐在腺泡里，分泌各种促进生长和血管生成的化学物质。正是这样的举止让它在患者的舌部形成了一个活蹦乱跳的圆形肿瘤，而现如今，它正在培养皿里摆得很和谐的几块玻片上不断增殖着。

“我罪，我罪，我的重罪。”① 其他来宾一边念，一边毫无悔意地捶起了胸口。

阿尔达玛一声未吭。他想入神了。通常来说，一个恶性肿瘤细胞的 DNA 会包含有数百种有害的突变，但路易斯·拉米雷斯觉得，这个横纹肌肉瘤不是如此大规模的基因紊乱造成的，而是少数有决定性的、足以引发这种有序而迅猛的增殖的基因发生了异常。如果这位病理学家的怀疑得到了证实，这些细胞的基因组就会成为癌形成中核心突变的目录，而这样级别的发现，其革命性的成果也就能解释拉米雷斯的热忱了：这将是所有癌症的解药、肿瘤学的圣杯。

“哈利路亚！哈利路亚！”最有参与感的那些来宾唱了起来，而神父则准备宣讲《福音书》中最让人津津乐道的章节之一。

“耶稣过去的时候，”② 他念了起来，使徒般顿挫的语调让华金回想起了他与马利亚会神父一起度过的小学时光，“看见一个人生

① 天主教《忏悔词》。

② 本书中《圣经》经文译文均引自和合本。

来是瞎眼的。门徒问耶稣说：‘拉比，这人生来是瞎眼的，是谁犯了罪？是这人呢？是他父母呢？’”

阿尔达玛想象那个瞎子有对被遮蔽的角膜，坐在土路边，求人发发善心，而耶稣则逮着这个机会向他的跟随者们展示一下他的眼科天赋。他朝地上吐了口唾沫，和了点泥巴，抹在瞎子的眼睛上。为什么无所不能的上帝之子要凭借这种想一出是一出的膏药来医治他的造物呢？大概是为了给整个场景增添一点戏剧性？或者最好的情况，给施救唾液中的有效成分充当一下赋形剂？

《福音书》里没说那坨泥是糊在眼球上还是眼皮上的，可阿尔达玛更愿意相信它和眼睛没有任何直接的接触。耶稣叫瞎子到西罗亚池子里去把泥洗掉，而在阿尔达玛看来，这又是一个莫名其妙的指示：耶稣明明有能力当场治好他，干吗要叫这个可怜的瞎子大老远跑到池子那儿去呢？

“他去一洗，回头就看见了。他的邻舍和那素常见他是讨饭的，就说：‘这不是那从前坐着讨饭的人吗？’有人说：‘是他’；又有人说：‘不是，却是像他。’他自己说：‘是我。’……”

阿尔达玛知道，单凭一剂膏药是永远不可能逆转先天性盲眼的。视神经传来的信息需要处理，而患者的脑皮层里缺少必要的联结。面对这些支离破碎的感官冲击，患者甚至有可能在池边癫痫发作，其后果是致命的。可这没有发生。瞎子若无其事地就从西罗亚池子那儿回来了，而且因为是安息日嘛，人都没什么事做，不如陪他去会堂，让法利赛人给瞧瞧，而法利赛人显然不信这是什么神迹，就以罪人之名把他轰了出去。最后，耶稣再次遇见了这个瞎子，并向他揭示了这件事背后的启示意义：“我为审判到这世上来，叫不能看见的，可以看见。能看见的，反瞎了眼。”以这种方式结束一次治病救人，多叫人倒胃啊。要把希波克拉底和耶稣摆到一块儿，保准得短路。

“以上是神的话语。”神父合上经书，亲吻了封皮。

阿尔达玛又在讲道时分心了。一个全能的神和一个犹太姑娘的儿子会是怎么一个样呢？是圣灵给马利亚的一个卵子授精了，还是正相反，它把上帝专门为此无中生有的一个有神性的受精卵放到马利亚的体内了？

天主教的正统观念承认马利亚是神的母亲，那她就不仅仅是个孵化器了。上帝必须是给她授了精的，给她打进了一波精子，内含二十三条染色体，其中就包括决定了耶稣是男性的 Y 染色体。除此之外的二十三条染色体则由马利亚的卵子提供；在它们之中，势必就有其他一些决定儿子肤色和体质的基因，也决定了他瞳孔的颜色、嘴唇的厚度以及鼻子的形状。那上帝之子会不会得癌呢？他父亲的染色体一定会给予他一些永久可靠的抑制肿瘤的东西——P53、NF1、BRCA1 和 BRCA2 等基因。他可以想怎么来就怎么来，不用担心这些风险因素会引发肿瘤——抽烟、吃腊肠、用美黑床、把核废料搬来搬去。那么多强力的敌人对他来说全不是敌人，那耶稣得有多健康。

华金的走神被打断了，结婚宣誓开始了，蕾西娜和新郎互相承诺了永恒的爱与忠贞。

接下来的饼酒祝圣环节，阿尔达玛的手机在兜里震了起来，他小心抽出来看了看，发现是马丁内斯夫人的号码。周末她从不来电话的。他怕有什么急事，就想着去到外面接起来，大门在他身后关上的那一刻，他听神父讲到“这是我们信仰的奥秘”。一到外头，他把手机掏了出来，发现马丁内斯夫人已经挂了。他连忙给她回了过去。

马丁内斯夫人为周六打扰他好生道歉了一番，是件挺棘手的事，昨晚，她老公用香槟瓶子打了他弟弟。“就跟发疯了一样。”她说。阿尔达玛则在琢磨着，这病人用的是什么香槟。

“我下周一约了个心理医生，很多人都推荐我，”马丁内斯太太说了下去，“是专看得了这种病的人的。我跟她通过电话了，她给了我很多信心，说别担心，她会帮助我们的。可拉蒙死活不肯去，我们都劝了他一天了，他就是说不行。”

“他为什么打人啊？”阿尔达玛掩饰着心中的好奇。

“我小叔子喝多了，胡说了两句，结果拉蒙突然就跟疯了一样去砸他脑袋了。这也就是他现在体格弱，不然还不得打个头破血流了？”

“你是想叫我劝劝他吗？”阿尔达玛问道。

“不是，您就想想吧，要他知道我把这事都跟您讲了，他还不得跟我急？所以没有，是说昨天，帮我们打扫的阿姨给他带来个礼物，是只鹦鹉，我就跟他说，我们不能养，您嘱咐过的。可最近他老跟我烦，就一句话来回讲，但我坚持说不行。结果刚才他就递给我张纸，叫我打给那阿姨，叫她把鹦鹉带回来。我也是被昨晚的事搞的，也没好好想，就说，鹦鹉来了，你就看心理医生去？他说可以。那这会儿我该怎么办呢？我都想了好几个钟头我该怎么办了，现在他睡着了，我就想着打给您问问，到底有没有办法养……”

阿尔达玛被他所听到的这些事情给惊到了，这都哪儿跟哪儿啊。一方面，他想为他病人一气之下的行为鼓掌，拿香槟酒瓶去打一个喝高了的人，如此伸张正义，多么智慧啊；而另一方面，他也觉得挺搞笑，那用人居然送了只鹦鹉给东家，结果还被东家的老婆拿去当作了夫妻之间谈判的筹码。

“鹦鹉现在不在您家吗？”医生问了句，为的是给自己赢得思考的时间。

“不在，我叫她拎回去了，就昨天下午的事。”

“那么好，”他说，“如果您觉得这样他就肯去看医生了的话，那就留着它好了。先叫兽医检查一下，然后别搁在屋里。”

“这样问题不大吗，对我老公来说？”

“眼下最重要的是让他开心。我们会盯着的。”

“那太感谢您了，大夫。这样一来我就安心多了。”

“嗯，没事儿。”

两人道了别。当阿尔达玛再度回到教堂里时，艾斯特尔已经领完了圣体，正在长凳前跪着，用舌头分解着耶稣的身体。他坐回到她身边，脑子里还在思量着马丁内斯的事。他刚在《柳叶刀》上读到篇研究，讲的是化疗过程中患者情绪状态的演进，如果被诊断出抑郁，痊愈的概率将会大大降低。所以最重要的就是让患者保持好心情，假如给他一只鹦鹉就可以做到这点的话，那就给他一只好了。

典礼在亨德尔的一首曲子中进入了尾声：《示巴女王驾临》——病态的选择，两位新人想必是夸大狂犯了，兴奋过头了。在这首曲子里，乐队乱到了一定境界，听着都有点马里亚奇自带的那种不和谐感了。阿尔达玛想象那位伟大的巴洛克作曲家在他西敏寺的墓穴里气得直打滚；假如他手里有个香槟瓶子的话，他一定会打破那些演奏者的脑袋，把世界从恐怖中解救出来的。

十三

一轮四千瓦特的假太阳下，大麻在加班加点地进行着光合作用。这是周一的晚上，特蕾莎在不紧不慢地修剪着成熟的麻茎。她全身都汗湿了，手上则糊着一层令人兴奋的黏稠的树脂。她笑了。只需闻到那股草叶的香味，就足够让她进入那种深深的宁静了。今天是紧张的一天，有小组治疗，也有私人问诊。她初识了拉蒙，后者被迫的沉默使她无法用正规方法治疗他。

他们的第一次见面只是让卡梅拉描述了一下她老公的病情，从最一开始的舌头发麻讲到了三天前的那个晚上，他打了他弟弟。根据她勾勒出的肖像，拉蒙是个没耐心的人，既霸道又自恋，无比相信自己的智力，还特把自己的情绪当回事。

那天上午，拉蒙没怎么参与，仅仅是在一本本子上涂了些极短的句子。这样的表达方式特别麻烦：首先他得把它写下来，然后把本子递出去，等对方看完。在这种状态下，作为精神分析法支柱的自由联想是不可能实现的。特蕾莎提了个不同寻常的策略：在诊室里网聊。具体做法是，一人一台笔记本电脑，这样他就可以在键盘上写了，而她则可以近乎同时地收到他发送的信息。虽说面对面网聊听着挺荒唐，可她确实希望坐在他跟前，好捕捉他下意识的非语言表达，还可以当场用人声回答他，注意到他表情上的反应。

对此，拉蒙似乎并不很热心，卡梅拉倒是激动了，想要立马去跟儿子说，把笔记本拿过来教他们用。她好像十分确定这是个双人治疗，但特蕾莎稍后就会告诉她，她想先单独跟拉蒙聊一聊。

他唯一主动写下的内容是个问题："您收费怎么收？"在听到她回答"就正常收啊"时，他并没有掩饰他的慌乱。卡梅拉就他们目前面临的经济困境解释了一番，特蕾莎便提出，可以为他们调低些费用。一旦敲定了诊疗的价格，他们便约好，下周一同一时候见。

茎叶修剪完毕，特蕾莎把其中带有成熟花苞的部分单独削了下来，扎成了一束，小心没让树脂最丰富的地方——实际作用于神经的物质——经历任何的碰擦。它们会被大头朝下地挂到一根绳子上，在边上的一个小间里阴干一两个礼拜。一等它们脱去了水分，这些花苞又会被放进玻璃瓶里"腌制"，这一步大概要花上六个月之久，这样，到最后才能收获一批效果好、味道佳的神药。

为了让所有患者都能用上大麻——他们一传十,十传百，结果都来找特蕾莎，用她的替代疗法镇痛了——她对产量的要求是与日俱增的。需求就快超过产能了，还不仅仅是她的产能，也包括栽培土和特殊肥料的供应商，特波茨兰的一位嬉皮生物学者的产能。

特蕾莎确信，再过不多几年，大麻就会合法化了，所以她一直抱持着一个信念：等这事真的发生了，她就会普及她的做法，把这份倍儿有价值的社会工作交到别人的手里。但与此同时，她得拒绝越来越多的患者，告诉他们，药草得自己弄，尽管这就意味着要到一个被犯罪者们控制的市场去，买到的还是质量最差的产品。

她几个月前就想找个合伙人了，可她也不认识谁拥有她这样的私密性，这么大的空间，以及服务社会的使命感：说到底，这可是要坐牢的。所以眼下她还得自己干。

艰苦的劳动过后，她下楼洗澡，这是一天中她最享受的时刻了：走进淋浴房，来到花洒下面，感受热水的拥抱。她会用一块特软的海绵把肥皂分派到身体的各个部分：总是从后颈开始，一路向下，沿着松弛的皮肉；她会兜过她胸部的瘢痕，两道僵死的微笑，那里原本是乳头的所在。泡沫在耻毛上堆积着，如今它们也是越见稀疏了。特蕾莎在一个塑料小板凳上坐下，开始洗她的腿。没什么可急的。她是她晚年的慈母。

她又想到爱德华多了，她精神分析中的幼子。那件事她有几周没提了，而这周六，她下决心问了他：他跟艾米莉亚，就系里那个同学，有什么新闻吗？爱德华多似乎挺烦这个，道，他们一起预习拉丁语课了，可是不太开心。为什么呢？她咬圆珠笔头。这种无伤大雅的口欲期的残留在爱德华多眼中却是不可接受的。那段塑料上得有多少病菌啊？她时不时地就会把它从笔袋里拿出来，放到课桌里，结果还放进了嘴里？打那之后，他们就再没有说过话。

特蕾莎决定让他直面他恐惧的根源，便问他，他梦到过她吗？“问这干吗？”他采取了守势。“都梦到她些什么了？”她追问道，背弃了精神分析学派最神圣的原则。“我不想说。”他答道，被问题给吓到了。特蕾莎故作尊重地点了点头，料定他会顶不住的，他最怕她瞎想了，再不解释会失控的。他果然说了。

他老是梦到她。梦到她想杀死他，可是每到动手的时候，死掉的却是她。几乎每次都是同样的场景：他躺在医院的一张病床上，她切断了他的氧气，紧接着她就窒息了。这点特别怪。明明是她在他的脖子上勒紧了绳子，结果脸色发紫的却是她，眼睛都凸出来了，随后她便会消失。他想救她的，可是没有办法，她勒着勒着就死了。“别杀我好不好？”他会乞求她，可每次死掉的都是她。

特蕾莎思考着那种可能性：这些梦是有情色成分的，甚至会以射精告终。然而她不敢问。尤其引起她好奇的是在这些梦里，受虐和施虐的双重性。几乎从来没有哪个幻想能够同时满足这两种冲动。使解释的天平更倾向于受虐一边的是他的惧怕、哀求，以及挽救她的企图。可是，艾米莉亚在这些梦里又代表了什么呢？

爱德华多自己为这些噩梦里明面上的内容构建了一个合理的解释。据他说，她之所以在梦里想杀他，这必定与他对传染的惧怕有关。“她亲我的话，我肯定会觉得很恶心的。”他对特蕾莎坦承。但从另一方面讲，他又很爱她。她性格内敛、光彩照人，长得还很漂亮。她会是个特别棒的伴侣。可他不。他哪天都有可能复发。“要是我跟她结婚，她可能会对我造成伤害，然而我对她的伤害会更大，所以梦里死的总是她。我就是个定时炸弹，我肯定会再得癌的，我不想任何人和我一起受苦。”对艾米莉亚的这些高尚的想法更加坚定了他独身的信念；为了别人，他将终身不婚。

梦里潜在的内容则表现了享受大他者和被大他者享受的悖论。从男人的视角来看，一个他心爱的女人不啻为扮演拉康所说的“不存在的大他者”的最完美的形象。而在另一处，这位谜样的精神分析学家又说道，身体生来就是为了享受自己的。患癌的身体：去享受它，爱德华多会死，和它同归于尽。所以他求它了，求它别杀他，可他同样不希望在没有它的情况下活着。回到白血病的日子，那首阴郁的田园诗，这再次成了爱德华多的幻想。新的一点就在于，癌症这次回来，是扮装成了一个女人。在这位受虐狂的胸腔里一直都居住着一颗厌女症的心。

一再重现的这些梦境是作为一种防御机制而存在的，他的潜意识在对抗着艾米莉亚为他的生活所带来的威胁。去幸福，去投身于爱情、投身于在诱惑中获胜的风险，这就意味着对象征性秩序的捐弃——它赋予了他生命的意义，即便它与神经质和恐惧症是如此地相关。抛弃它太危险了：如果他征服不了艾米莉亚，没法从她身上找到可以填补他欲望空白的东西，他就得独临深渊了，那才真叫是精神病的发端，心灵只有求助于这种绝望的策略才能收复现实。因此，通过这些骇人的噩梦，爱德华多的大脑是在保护自己不至于陷入毁灭性的疯狂。

特蕾莎应当屈从于这个事实，想要爱德华多拥有正常的亲密关系，还远不是时候；简而言之，他将继续一个人过，彻彻底底的一个人，和她一样，因为，他也是她，也是她欲望的投射、她晚间沐浴时的幻想，知道有一个人可以在晚餐时陪伴她、和她一起钻进被窝、拥抱她，而她不会因为缺席的乳房而受到任何的责备。晚安亲爱的，只听静默说道。特蕾莎关了灯。

十四

“扯蛋吧！”贝尼托说道，它见拉蒙来了，身上披着个染了彩条的斗篷。

我也知道我看着就跟查维拉·巴尔加斯①似的，拉蒙心想，可这娘炮玩意儿能盖住腿，所以你就别批评我了呗。我是在柜子里的那堆旧衣服里翻到的这个，我丈母娘送的，大概十五年前的那个圣诞节吧。她送我这个显然就是为了拿我开心嘛，意思我是个印第安人，要么就是个杂种，要么就是个印第安杂种。可这斗篷也太他妈好使了；化疗把我调节体温的那套系统给干了，外加我的消化系统，外加小鸡鸡……整了这么一通，结果现在呢，告我肺转移了，片子上有俩阴影。别人最先想到的肯定是：瞧吧，傻货，叫你再一天两包？可我都二十年没抽了，贝尼托，况且也没什么关系不是吗？大夫都跟我讲过好几次了，我这就跟中了流弹似的，或者更确切地说，一场自然灾害，我也没做什么错事。就是场自然灾害，是的，相当确切了。可是，这代价也未免太大了吧，我摊上的这都什么狗屁受难啊，我该吗？我怕吗？好了，这会儿他们又想到放疗了，把那俩阴影给烧了，我又能说什么？叫他们别费心了，因为我决定完球了？你就想想会闹成什么样吧。

---

① 绰号“红斗篷女郎”的歌手。

卡梅拉都能把我送到精神病院去。不，贝尼托，我一点都不怕死，我怕的是耻辱，我的子女要上街讨饭去。就假定说我的肺转移也治好了吧，那以后我要做什么呢？谁都理解不了我的处境。这太侮辱人了。一直以来我都是靠说话活着的，帮人在权力机构面前发声，捍卫他们的权益，要求责任人履约，或者是调停争端。我代表了我的客户，我为客户说话。那现在不能说话的我还有个什么用呢，我连饭碗都没了。就这么简单。如果你连饭碗都没了，那就下桌吧，有人等位呢。我这是刚吃到一半就提前叫我买单了，我痛啊，别以为我是什么实心大棒槌。我哭过好多次了，都是没人看见的时候。不过这会儿我已经在想后面的事了，留笔遗产下来，哪怕不多，哪怕非常少，那我也可以走得安心点。而且你也在我的计划里的，贝尼托，我希望你有个不这么操蛋的笼子。这会儿我兜里是一个比索也没有，可我已经在想怎么办了。我有块实打实的金表，是我打赢了场很重要的官司，我自己买的。我把它放在那边上面了，和我的左轮在一起。我说贝尼托啊，那可是个宝货，点三二口径的，足够用了。先来金锭儿，金锭儿完了铅子儿。我要给事务所里的谁去个消息，叫他过来家里，别叫卡梅拉知道。听着，你把这块表拿去估个价卖了。得值不少钱。有了票子就好办了。总共三件事：第一件，把地产登记费和公证费给付了。把房子一转、离婚协议书一签，就万事大吉了。第二件，你的笼子。很明显，要搞个特大号的笼子来，你才能活动开呀，才能随你怎么蹦跶。第三件：我的丧葬费。我想把一切都安排停当了。不仅如此，要是可以的话，我都想把棺材给选了。给我那个，就那桃花心木的。我得叫人把我的西服拿去熨了。还有，如果钱还够的话，我都想买下电视里的那套刀具了，送给艾洛迪娅，我就是想送了怎么地？还有你知道吗？我还要写封信，留给傻货欧内斯托，让他好好记住喽。你就一放高利贷的。我自杀也不是为了不还你钱，我就是忍不了，当我隐形的是吗？我这都是为了尊严。假如你懂这个的话，你早就会说了：你知道吗，拉蒙？忘了还钱这回事吧，你为我们付出太多了，这钱是我欠你的，本来就是你的。可谅他也到不了这高度。没可能的。先前你诳了半个世界的人，如今吃瘪了吧？我就是你那些不法勾当的目击证人。那句话怎么说的来着：以盗制盗。反正那封信我就准备这么办了。贝尼托你看呢？哪怕他想用它当证据，反正我也不在了，也没有可扣押的财产，他该吃瘪还得吃瘪。

艾洛迪娅跑到院子里来拖地了，想着拉蒙也在。贝尼托用一句“嘬我个爽嘞”欢迎了她，想必是之前有谁教的，让它一见女的就喊这个。

“闭嘴，秃瓢。”艾洛迪娅喝道。

拉蒙受够了她不加分别地用“鹦哥儿”“鸟儿”“逗比”“秃瓢”和“贱骨头”来称呼贝尼托，便借此机会给她写了个条子：

它叫贝尼托，跟华雷斯总统同名。请这样叫它。

“您给它起了个这么好听的名字呀？你好，贝尼托！原来你叫贝尼托呀，是你爸比给你起哒。来，贝尼托，快别说脏话了，告诉我你叫啥：贝——尼——托！贝——尼——托！”可别再来一遍了，艾洛迪娅，让它清净一会儿吧。“我有个堂弟，也叫贝——尼——托，他可是个好人。好多年前他就出去了，不待在镇子里了，你真不知道他帮了我们多大忙，就那会儿，我妈不是病了嘛，都是他在照顾着，再后来，我们就托您的福，把她接过来住了。他每天都给她打水，给她送面粉、送蛋、送奶。我老跟他说，你是我的守护天使吧，就真真是这样。”

这世上还是有好人呐，拉蒙心想，怀着不知从何而来的乡愁。艾洛迪娅拖起了晒台。

“可他妹妹费德莉亚，上帝保佑，她是我最小的一个堂妹，这可怜娃子，她的结局就很惨了。她爸一定是中了邪了，这我都是听贝尼托跟我讲的，那天吃饭嘛，他讲着讲着就哭了。是说她爸经常脑子一热，就对她干那种事儿，且不论是不是他女儿，这就是个孩子啊。反正我叔是真喜欢喝酒，就跟我孩儿他爸一样，您还记不记得他了？”我怎么不记得，那天你差点没被他打死。“时不时地他就会睡在大街上，要么就是躺在回家的路上，他家住得比较偏，在几片苞米地后面。有天他又在半道上睡着了，有好几个人看见了，也只能放他在那儿躺着，因为拽他他就犟。结果第二天一早，”讲到这儿，艾洛迪娅地也不拖了，放低了声音，换上了一种近乎不道德的语调，“人发现他还躺在那儿，但脑袋没了。那会儿还没听说有什么毒贩，什么洛斯哲塔斯①呢，我们就是个安安静静的镇子。那他的头上哪儿去了呢？没过一会儿，就有人

---

① 墨西哥一暴力犯罪集团，从事贩毒。

说是被一条狗给叼去了，您敢信吗？说还边走边啃呢。他们都想去把那条狗给宰了，结果就在这个节骨眼上，一个邻居，是我叔叔的干亲，他就发话了，说昨晚见我堂弟贝尼托手里提了把砍刀出去，还说呢，这么晚出去干吗，结果不一会儿又见他回来了。”小伙子有种，向他致敬。“所以他们就去把贝尼托抓来了，可他什么也不说。”这种情况下最好就是这样了，拒不交代，拉蒙考虑着。“然后您知道啥？他妹妹就自己跑到镇政府去了，说是她干的，还把砍刀带去了，整一面都是红的。到了这会儿，我堂弟终于开口了，说是假的，全是他干的。然后她就说不对，犯罪的是她，要不然这砍刀不该在他那儿吗？怎么会在她这儿呢？”这就要对口供了，拉蒙心想，要找出其中不扎实的地方。“我是怎么说起的这个？”

拉蒙指了指贝尼托的笼子。

“哦对，说我堂弟。后来他俩就都被抓了，在叫警察来之前，镇政府的人先请神父跟他们聊聊，先叫他们把真实情况给招了。谁知道他聊了点什么呢，反正最后说，是费德莉亚干的，人就把她带走了。后来我叔落葬的时候，我可怜的婶婶就一个人，我倒是也在那儿。棺材下到墓穴里的时候，就听见有很轻的笃笃声，就跟在敲门一样，结果我婶婶就喊起来了，他还活着！搬出来！搬出来！他还活着！”艾洛迪娅吼的这几嗓子，把贝尼托给吼蒙了。“她想叫人把棺材打开，可没人给她打开，这时就有人想到了，那应该是散着的脑袋，会滚的嘛，就撞到板子上了。在此之后他们都得看着我婶子，因为她老想着要到墓地去，把棺材扒开，一心觉得他是被活埋了。而我堂弟呢，自打他出来之后，整个人就特别封闭，没多久他就不见了。可能是到别处去了吧。那可怜的费德莉亚呢，谁知道她在牢里沾上什么了，有天她就吸过量了，顶不住了。她最后是死在了圣路易斯波托西的一间号子里，这倒霉孩子。您腿抬一下好吗？我拖一拖。好嘞，谢谢。”

十五

华金·阿尔达玛的每个患者体内都有约一万亿个细胞，他自己也差不多，只是不常去想它罢了。这一万亿里，只要有一个瑕疵，就足够发生癌变了。基于这样一个过分的比率，那他觉得，这种病症会存在于世，且在这样一个遍地高寿老人的星球上是如此地高发，真心不足为怪；反倒是他来到大街上，见到那么多健康的人，他十分惊讶，因为健康可不像那些宣扬自然疗法的神棍说的，是什么平和的状态、和环境达成了什么和谐，它只是对混乱的一种暂时性的胜利，是钢丝绳上紧绷的平衡，脚底便是熵的深渊。电视里讲到的那些所谓的健康都是这个自恋世纪的鸦片，广告公司的奇美拉，为的是贩卖维生素、沙拉和运动服，而一到要阐释身体和这个世界的关系的时候，就毫无用处了。就跟当年的瘟疫和肺结核一样，癌症也在揭露着自然平衡这个巨大的假象，皇帝的新装，实际他光屁股、皮包骨头呢。人体内的这些细胞通常也就跟人类一样，是些恭顺的奴才；可有时候，哪个女佣不听话了，没按规定走，还有了自己的后代，子子孙孙还多到可以集结成军了，那就成了帝国的威胁；这时人们就会把那些专家叫来，把肿瘤医生和外科医生叫来，叫他们平定暴乱。就好比现在就有一万亿个细胞，合起来叫做拉蒙·马丁内斯，其中有帮数以百万计的暴民，虽然对它们施以了舌切除术，还在静脉里连续开了几个十五天的火，空投了大量的炸药，但还是不幸被它们占领了左肺。

是时候了，阿尔达玛想着，是时候采用试验性的化疗，外加一日一次的放疗了。他也很遗憾要起用这么高强度的治疗，可他没有选择了，毕竟赌上的是患者的生命，以及一项很有前途的研究的生命。这位患者的基因组可能会成为肿瘤学中的罗塞塔石，成为解码癌症内在逻辑和语法的关键。

在拉蒙的病发生肺转移的同时，肿瘤学会的实验室里发现了横纹肌肉瘤 FOXO1 基因上的一种前所未见的突变。正常来说，这个基因的功能包括调节脂肪组织、抑制肿瘤的发生。阿尔达玛怀疑，马丁内斯一家都有体重超标的倾向，现在又神秘地生成了这种常见于小儿的肿瘤，这其中是否就有 FOXO1 的这种带瑕疵的变体在作祟。

这项发现应该能在那些国际性杂志上占据一个显要位置吧。要起个什么样的标题才好呢？*FOXO1 变异：肥胖与横纹肌肉瘤间的常见关联？*得想个更加简短有力的。*肥胖与癌症：基因相关？*也许吧。他相信这篇文章一定会在墨西哥报纸上引起轰动的，他们会给它套上个简短的标题，“本国医生在肥胖基因中发现癌症之源”，或是“肉片与肿瘤：秘密关系”。

在如此巨大的期望值的驱动下，他给墨西哥最好的基因学家去了封邮件，问他愿不愿意加入他和路易斯·拉米雷斯，和他俩合作。“我们相当确定，这种癌症跟胰岛素样生长因子的表达是有所关联的。”他写道。在提出请对方协助分析几个簇的基因之后，他以一种博人眼球的方式结束了他的邮件："我还从没见过这么有意思的病例，我觉得，确有必要把最高水平的研究献给它，请出像您这样杰出的科学家。"

阿尔达玛也知道，学会走廊上已经传起了流言，说他之所以这么热心，都是阿尔茨海默病害的，不是找不到情人嘛，就想着去找诺贝尔了；他俩就是堂吉诃德大夫加上病理学家桑丘的组合，驾着匹异想天开的驽马，就到基因科学的未知之地去闯荡起来了。他真不在乎这些闲话。他想，如果嫉妒是种病毒的话，一定是疱疹，随处可见的机会主义者，对弱者足以致命，对强者，则伤不了他分毫。

十六

保利娜觉得，关于她爸的癌细胞转移这件事，家里除了她，就再没有谁意识到它的严重性了。据她妈讲，医生还挺乐观的，可她信不过他：网上是个论坛都说，癌症只要转移了，预后不良的可能性是极大的。但遗憾的是，看病的时候，她没能陪他一起去，不然就可以拿她妈答不上来的那些问题去质问那大夫了。

这种不确定性和饥饿感是如此地相似，她开始不停地进食，就像得了强迫症一样。她爸在这边掉着体重，她在那边又以相同的节奏把它们捡了回来。朋友们都劝她把蛋白酥换成胡萝卜，把巧克力换成豆薯，可这些富含纤维素的清淡的食物是不足以平复眼看就要把她搞垮的压力的。

而剩下的同学则根本无所谓她家出了什么问题。没过几天，她就成了他们嘲笑的对象，而先前担此重任的是赫那罗，绰号“猪仔”。

最终破除她嘴瘾的解药是以一次校园事故的形式到来的，某节数学课上，对碳水化合物的渴望就把保利娜给攫住了。当堂的任课老师水平不咋地，外号“迅猛龙”，形容的是他走起路来弯胳膊、探头的模样。

那天早上，保利娜忘拿甜食给她的书包进货了，什么消遣的都没有，只好盼着课间休息，好去咖啡厅点份玉米饼。一想到那辉煌的组合——面团、饼子、酱料、鸡肉和奶油——她就开始不时看表了，而此时的迅猛龙还在黑板前呜哩嘛哩着他的钝角。

保利娜想着，这顿便餐吃完了，还得来个巧克力麦芬，再点上个辣冰棍儿才好。不过更明智的也许是留半个麦芬到放学，这样，坐校车回家的这一路，她就不必遭受饥饿的折磨了，反正到了家，艾洛迪娅的饭也做好了。

于是，距离下课还有五分钟，她就从书包里拿出了买玉米饼和麦芬的钱，数好了，正好不用找。等课一结束，她就准备立马杀出去，到咖啡厅就不用排队了。她左手攥着钢镚，把作业记到了本子上，开始往书包里塞东西。

下课铃一响，她就猛地站了起来，可她对自己的腰围估计失误了。她在课桌边卡了一下，就失去了平衡，跌倒在了过道上。凳子翻倒在了她身上，她被一本本子砸了头，笔盒也摔到了地上，周围的凳腿间散落的都是她的笔。

“后面那是怎么了，小伙子们?”迅猛龙问道，众人早就笑开了，幸灾乐祸地庆贺起了这一事件。

保利娜想要起来，可她一手握着把硬币，人超重了十八公斤，背上又压了个课桌，她实在起不来。

赫那罗展示了一把他假想中的勇气，过去帮她了，而保利娜最好的朋友莉奥诺拉由于坐在教室的另一头，几秒后才得以开了道过来。两人帮她站了起来，又捡起了她落在地上的钢笔和本子。等教室里的人都走了，莉奥诺拉留下来陪她，问：

“摔得厉害吗?”

“不厉害，就肩膀。”保利娜边说边揉。

“要去医务室吗？我陪你。”

“不用，我好了。”

“我们去吃点儿什么吧，我请。”莉奥诺拉试图安慰她。

刚才摔倒时的轰响和嗡嗡的嘲笑声在保利娜心中回荡起来。眼泪就要奔涌而出了。

“我不饿。”她答道。

十七

艾洛迪娅闯进了书房，把拉蒙从一场即兴发挥的午觉中叫了起来。

“老爷！快来帮我搞一下，贝尼托从笼子里跑出来啦！”她很是惊恐。

拉蒙一下起猛了，都犯晕了，扶了椅子才没跌倒。他朝艾洛迪娅比了个手势，叫她来帮帮他，于是，两人像一对年过八十的老头老太一样互相搀扶着，着急忙慌地赶了过去。只见花园中央的那棵白蜡树上，贝尼托就伫立在那儿。

瞧瞧这个，拉蒙为它的壮举骄傲起来；要之前就知道你这么滑、这么奸，还不得叫你，额，那大毒枭叫什么来着，哦，“矮子”，“矮子”古斯曼，不过你就得叫“矮子”马丁内斯了，必须的，你已经是我家人儿了。

“赶紧的贝尼托，你下来，下来有奖！”艾洛迪娅喊道，“想吃西红柿不？下来就拿给你。”

让它清净清净吧，拉蒙心想，它一会儿就会下来的。

鹦鹉似乎很高兴。它抓着的那根树枝又弯又粗，比起它这两天站着的那根给金丝雀用的细杆，要趁手得多了。它酸橙绿色的羽毛和暗色的白蜡叶形成了鲜明的反差。

艾洛迪娅气急败坏，只听她用法西斯般的决绝念叨了起来：

“我这就去拿水管好吧。给我等着瞧。”

拉蒙制止了她，冲她做了个主教式的手势，叫她保持冷静。

别慌，贝尼托，我帮你制住这个婆娘。

“您是不知道，我都吓傻了。我听它在那儿乱飙脏话呢，结果一转身，笼子空了。”

拉蒙倒想知道贝尼托都说了些什么，来庆贺自己逃出生天。到了这会儿，它已经一声不吭了，正用好奇的眼光看着他们。

“我叫消防队来？”她问道。

别说蠢话了，当这儿第一世界了是吧？拉蒙一边想，一边和缓地摇着头。他指了指厨房，比了个啃东西的手势，啃的似乎是种椭圆形的果实。

“要西红柿？”

对喽。给我切碎了拿过来。拉蒙又一次演起了哑剧。

艾洛迪娅照做了。回来的时候，她端了个盘子，里面是切好的西红柿小丁。她双手把它举向了树冠，奉献给了贝尼托，有如一位墨西哥祭司把祭牲的心脏奉献给了诸神。

贝尼托好奇地盯着西红柿看了，但一步也没有离开它所在的枝杈。拉蒙朝艾洛迪娅走了过去，问她把西红柿要来了，问能不能让他们单独待会儿。待艾洛迪娅一走，拉蒙就坐了下来，把盘子放到了桌上，摆在了打开的笼门边。

我不会逼你的。你显然就是不想待在这该死的笼子里了呗。你一直都在分析它的结构，练习开门呢。佩服，佩服。你完全有权利待在那上头，但有一点我要提醒你：这不容易的。这边新区里有好多好多的猫，哪天你一不留神，它们能扇得你妈都不认得，想都不带想的。你可得小心了。再有就是冷。你都不知道降温的时候这边外面才多少度，你个雨林里来的，扛不住的。我告诉你这些也不为别的，就为了到时你真碰上了，别一点心理准备也没有。你再考虑考虑，我卖表的钱就要来了，之前说好了要给你买笼子的，我一定会买的。还有：你想不想要个伴儿？我也给你买。买个顶顶漂亮的。温柔体贴的。你看怎么样？趁我兜里有米。我剩下的时间也不多了，那天我太受打击了，都去找我的枪了。差点儿。可我冷静下来了。还是得等到该来的那个日子。所以我说，假使你能下来，再忍一个礼拜顶多了，你是会看到的……一栋豪华别墅，一只雌鸟，仅仅属于你。假如你拒绝我呢，我也完全可以理解，我还不知道被困住是什么滋味吗？不提了：又饿，又恶心，还疼，腿还他妈的抖。他们都告诉我要有耐心。有耐心干吗呢？喜欢什么都不能做，活着也就是家里的一个负担。我这人啊，就得把我放到法庭上去，叫我谈判，这才叫个事儿。我二十岁的时候就在劳动局干了，跟的比利亚努埃瓦律师，有天他就请我去玫瑰区吃饭。吃的贝林豪森。这是我第一次坐上一张铺着雪白桌布的桌子，餐巾也是布做的，自我感觉就跟国王一样。给他来个查莫罗烤肉，律师就跟服务生说了。那才叫做大餐啊。后来我一有钱了就到那家餐馆去，点个查莫罗烤肉。我在那儿吃了好多好多回，而现在呢，吃不了了。你知道那种感觉吗？明明还活着，可就确确实实地知道，你再也没法去贝林豪森点个查莫罗吃了。我这可真是没办法了。但你不一样啊：瞧这西红柿多嫩。

尽管对方搬出了叫人胃口大开的诱饵，贝尼托还是从这个枝头飞到了那个枝头，都飞到树冠上去了，还满心欢腾地从那儿唱出了一句：“傻货!”

拉蒙笑了，笑里夹杂着骄傲与气恼、羡慕与忧伤。他望向了贝尼托所在的天空，想象从那样的高处看，在整个场景里，自己是多么小的一个。他太渺小了，担不起那么多的医生和药物、疲累和痛苦；归结成一句话，他觉得，他比自己轻多了。

随后，他描绘起了贝尼托可能看到的景象。水箱、天线和楼房的丛林，被包裹在了浓厚的烟尘的云雾里，这种云雾人称霾，物如其名地丑陋，也夺走了这座城市最美的风景：波波卡特佩特和伊斯塔西瓦特尔火山，老烟枪和睡美人，赐予了天际线性别的一对爱侣。打小，拉蒙就几次三番幻想着要登上火山，摸摸那儿的雪，在波波火山口探出头去，看看地球橘色的中心是什么样。拉蒙已经将火山遗失了，天真也是：多年以后的他还浑然未觉。

一阵大风吹过，白蜡树枝摇晃起来，少时，只听花园的灌木丛里一记闷响。贝尼托坠树了。拉蒙从椅子上弹了起来，赶忙用斗篷前端去罩它，茫然的鹦鹉没有一点要抵抗的意思。

回归鸟笼的贝尼托急不死地吞食着西红柿，它已经几个钟头没吃了。为防它再次逃脱，拉蒙加固了笼门，用电线在上头扎了个结。一周之内吧，他跟鹦鹉约定，我就给你换个好点的笼子。

十八

“今天我懒得讲啊。”治疗刚一开始，特蕾莎就对她的分析师说道。

“怎么了？”

“累了。但也不是。路上我就在想，一周两次治疗是不是有点太多了。”她顿了顿，像是在回忆着什么，“我已经不像当年去看鲁法托的时候了，周一到周四。”胡安·路易斯·鲁法托，流亡而来的阿根廷分析师，以他的博学和他在马利纳尔科开办的心灵静修班赢得了盛名，“那会儿的我还真是需要不停地讲的，把所有东西都掏出来，从而理解得癌症和离婚间，我都干了些什么。那个黑洞。但结果呢，在这样程度的努力之后，我却发觉说话什么鬼用都没有，那一刻的我是极度难受的。”

“行吧。”分析师说道，“我觉得，鲁法托是怎样一个人，以及他想在你身上实现的事情，都影响你太多了。”

“嗯。但那个阶段的我是真的很想有一个超级正统的分析的，我被他给吓到了。所以当你提出一周过来两次的时候，我犹豫了一下，然后我就想了：OK；她不仅仅是我的治疗师，还是我的督导者呢，确实是有很多可以做的。事实你也做到了。但我们这都……多少年了？七年吗？”分析师点了点头，“这七年里，作为一名精神分析师，我成长了许多，多亏了你的帮助。这都是显而易见的。面对患者的时候，我越来越自信了，也就那两个特例，你都是知道的。我觉得，确实是在你的督导之下，我才克服了我作为分析师的不自信，可对我本人的分析就……我也不知道。我已经在这样的长沙发上躺了得有三十年了吧。虽然我已经跟自己和解了，也接受了单身这个选择，还是说没有呢？我总还是有点不满足的。你不觉得，到了现在这个点上，我们的这种交谈已经变成是在说胡话了吗？”

“整个象征界都可以被看作是在说胡话的。”

“可不是嘛。”特蕾莎甩了她一句，“有时候我就想更多地到想象界去待一下，自我认同于其他人的形象，去认识他们、倾听他们。”

“你不认识你的患者吗？你不倾听他们？”

“这就是让我感觉很悲伤的一点了，还真不。我在给人治疗的时候，一心想的都是怎么去解释那些潜藏的信息，把患者说的和什么东西联系起来，要么是你之前教我的，要么是弗洛伊德在哪本书里讲到的，或是我当时正在学习的内容。换句话说，在患者面前，我所做的就是分析，不是倾听。我当然在听，但用的是一种过于主动的方式，就好像我不停地在脑海中打断他们。我一个人的时候也是这样，跟自己和平相处这种事，我是做不到的。除非我在抽大麻。其他的时候，我都在分析自己，这显然也和我们的治疗有关。”

“什么时候开始这样的？”

“我刚就在想了……从接诊拉蒙开始吧，就那没了舌头的。我印象太深了：像他这样一个扩张型人格的男人，有能力又爱面子，突然间，就什么都不是了。他被沉默改造了。我问过他，他还会不会感觉到那根记忆中的舌头了。他只是说很不方便——父权者典型的表现：活着就是去支配，是斗争和安逸，是英勇和快乐，至于什么叫做痛苦，什么叫做患病的身体，他是搞不明白的。所以现在一下子，他就不知道自己是谁了。他时时刻刻都会有出体的经验：梦见自己飘了起来，背靠天花板，看着下面自己的脑袋、正在睡觉的躺着的身体。他只怕他一醒，就会掉下去磕破头，而那身体是别人的。所以我就在想，这世上之所以会有那些不说话的修行，也是理所当然的。不光佛教徒，也包括卡尔特会僧侣、隐士，等等。沉默会让你远离肉体。有点奇怪，不是吗？把我们绑在肉体上的正是这看不见也摸不着的语言。有天在治疗过程中，他就写起了关于空气污染的东西，空气质量指数啊、臭氧什么的。他对墨西哥城的空气质量有点走火入魔了，每天都会叫他女儿到政府网站上去查，今天空气怎么样。他同时也觉得，这是和女儿共处的一种方式，她也不是没教过他上网，他不肯学罢了。我的感觉啊，他是把科技和他的死亡的概率、和他被编排好的'报废'联系在一块儿了。"

"那你要怎么把他的走火入魔和你现在正在经历的生活联系起来呢？"分析师问道，她想把特蕾莎的注意力引回到她自己身上。

"嗯……行吧，我觉得，他不能说话，又做了气管切开，还肺转移了，是所有这些因素一起造成了他目前的状况。肺里的坏消息似乎没有在意识层面上给他造成什么影响。一种可能是他把它压抑下来了，或是用遗产的事把它挤走了，但另一种可能就是他已经不觉得那是他的身体了，所以无所谓了，一点情感上的回应都没有。”

“你会自我认同于这个吗？”

“认同于什么？”特蕾莎问道。

“他和他身体的关系。”

“没有吧。我也不知道。我会自我认同于他，很可能也是因为他不能讲话嘛，我就比平时讲得多。我会跟他分享一些我个人的东西，跟治疗相关的，我化疗时的经历，掉头发、气短什么的。但同时我就发觉，虽说他确实在接受那些很恐怖的化疗，他也不会跟作为患者的我产生任何的自我认同。感觉就是，他一点也不认同，那些事情原来是发生在他自己身上的，虽然他确实疼了，也显然很遭罪。”

“也就是说，你认同于他了，但他不认同于你……”

“我猜，我会认同于他，也是因为在他的治疗中，我俩都是患者，而我自身寻求的恰恰就是他对癌症表现出的那种冷漠的态度。他对疾病不感兴趣，他从不讨论它，这对他来说就像一场意外一样，就好比是感冒了，在这个角度上他是极度健康的。你就想象一下，如果他一直用那些问题折磨自己：他哪里做错了？压抑了什么情感？就诸如此类的东西。我是觉得，没了舌头，再加上他又不是个很‘精神’的人，这就阻止了他思维和肉身间的相互认同。这种认同的伤害性是很强的，对我造成过很大的影响，哪怕我的肿瘤是遗传的，且一直都有这个风险。就哪怕有再多理由，我都会觉得，是我的错，我的过失。但他不。感谢切除术，让他省去了所有那些自恋的幻想——将自我等同于身体。我的情况则正好相反：乳房被切除的那一刻，我就完全失去了自我，都那么多年了，我还……”

特蕾莎说到这儿就停了，总觉得分析师会在这个节骨眼上截断诊疗。她错了。

“光听你讲的，感觉他就是个受到天启的智者，但同时也是个被吓住了的男人，反正总有什么对不上号的。你看会不会是这样，是他的沉默不知怎么地诱惑到了你，他说不出话嘛，你就不会对他说出来的东西感到失望了。当一个人不讲话的时候，似乎他就没在经历烦扰我们的那些过度的享乐了，所有阻碍认同的那些他者。还不仅仅是这样，所以照理我们这些拉康派在治疗中都是不应该发话的。但此时此刻，我想我们能不能做回到我们的职业分析师，来谈谈下面这个问题：你为什么要迫不及待地中断分析呢，无论是在我这儿还是患者那儿？就好像你一和这个病人讲多了，你又重新开始相信欲望的承诺了，而沉默可以延迟你与其空虚的照面。”

“我恰恰就是觉得这个没什么用啊，”特蕾莎把中性代词①说得尤其响，这样，她那些负面评论的对象就更显模糊了，“精神分析的出发点就是那种所谓的需要，要把潜意识里的那些东西用语言表述出来，好抵消那些够不到的欲望的转喻。可我实际看到的就是，要挽救这些空虚，是有一条近道可走的。只要砍掉那些多

---

① 在西班牙语中，“这个”（esto）一词被称作“中性指示代词”，可用于指代陌生或抽象的事物。

出来的路就行了，砍掉瞎掰活的必要，都知道单凭它本身，是没法拯救我们于实在界的。”

在挑战了该行业支柱理论的有效性的同时，特蕾莎也将了她的分析师一军，后者的回答显然是防御性的：

“如果患者不需要分析的话，那为什么还要见他呢？你不觉得这样可能会破坏他的治疗吗，就跟之前一样？”

她指的是特蕾莎自乳房切除以来所逐渐发展出的厌男症。据她在分析中发现的，这种恨其实是种防御机制，针对的是男人在面对她女性性征缺失时所表现出的拒绝。为防有谁看不起她不完整的身体，她干脆把所有男人都从她力比多的频谱中赶了出去。她很抗拒用传统弗洛伊德的方法来解释她的心灵：在自行废除了成为母亲的可能性的同时，作为阴茎附属物的男人便失去了全部的价值。不幸的是，她对她最偏爱的病人爱德华多所抱持着的那些类似母亲的情感是套不上这种理论的。而特蕾莎也从来就没有完全接受过，她在治疗男性患者时的那些困难应该被归因于一种心理防御机制。除此之外，还有另一种可能，最简单的可能：男病人就是比较难治，因为他们大男子主义的防御工事对于“向女性打开心门”这种事向来就是抵触的。他们不会哭，也不接受哪个女人把自己放在高于他们的位置上，连在心理诊所这样的私密处也不行。

“可我在拉蒙身上的经历和我当年那些病人是完全不同的。并不是说他是什么‘不能表达思想的男的’；他是男的，这点都不用问，可他的思想真的就是浮于表面的，和什么癌症的威胁啊，强烈的道德困境啊，或是对先前的自己的哀悼，没有一丁点的关系。

我仍然在见他，是因为，哪怕他听着像智者，”特蕾莎故意添上了这句，用的是指责的语调，“他心里也是有一种剧烈的冲突在的，不过不是跟癌症，而是跟他去死的冲动。当他失去了力比多的客体，对他而言，就是语言和劳动成就感，死亡的冲动就反过头来攻击他的自我了，我感觉，这就是眼下正在发生的。他之所以平静，是因为他知道，在下定决心的那一刻，他是会自杀的。我想避免这个，并不是说想给自己找乐子才见他。”

为了缓和两人间的敌意，分析师换了个话题。

“那你有没有给他用大麻，你又是怎么操控的呢？”

特蕾莎接受了停战。

“我找了个机会，提得还挺妙的，结果他差点没把我给辞了。一方面也是正常的偏见，但另一方面，他把所有那些身体上的折磨，神经症啊、大出血什么的，都升华到另一个高度了，从而提炼出了那个想法：欠他弟的债可以不用还。他把自身的苦难想象成了一种补偿，从而在道德上免去了自己还钱的义务。要说他为什么还没自杀，只是因为他肉体上的痛苦还没有达到限度，好让他心安理得地去实施那个被他内心认为是诈骗的行为。所以他是不抗拒这些病痛的。感谢上帝，这也就是他没钱还债，否则他早就自杀了。”

“那在这种情况下，你要怎么引入大麻这种东西呢？”

“他不是肺转移了嘛，大麻是可以帮到他很多的，无论是在镇痛方面，还是说，去除灭那些癌细胞。我也知道，你肯定觉得我又在胡说八道了，可它真真是有用的。我没疯。”

“要我觉得你疯了，我就是在背叛我对人类思维所有的见解了。”分析师用的是朋友的口吻。

“懂了。你别当回事。我真是绝望了，活在一个如此虚伪的社会里。”

“所以才说你没疯呀。”分析师调侃道，“扯远了，还是回到那个要紧的话题吧。你想的是一周过来一次对吗？也不接新的病人了？那就我的理解，你是排得太满了。”

“可我的超我不允许啊。要叫我的患者去找一个像我这样，从他们本人的经历入手，去理解他们的治疗师，是不太容易的。”

“那你可以请他们来你组织的互助小组呀，把周六的看诊给停了，我就打个比方啊。”

特蕾莎当下就想到了爱德华多，他妈只能周六送他来，她不想放弃他，尽管对他本人而言，更好的可能是被转给一个鲁法托型的分析师、一个居高临下型的男人、一个可以被他视为权威的形象。

“我也不知道。”她沉默了挺久，说，“我是想度假的，几年没出去了。可谁来帮我浇树呢？它们需要的呵护可比老公什么的要多，我说真的呢。”分析师挤出了个微笑，以回应她的笑话。“确切说，”特蕾莎讲了下去，“我是得给自己放个假了，无论是作为分析师还是病人，作为组织者还是园丁，作为各种身份。我真想去海滩了，就一门心思睡觉。”

分析师不说话了。特蕾莎又搬出了存在主义的那一套：

“萨特说的么，他者即地狱，说得太有道理了。问题就在于，有时候我就是那个他者，所以我就是地狱、我自己的地狱、为我自己而设的地狱。”

同样没有回答。特蕾莎打趣道：

“那我觉得，你之所以到现在还没有宣布诊疗结束，是因为我告诉你，我再也不想一周过来两次了。但其实很显然，这个问题应该这么问，我是不是已经不该过来两次了。”

特蕾莎把她的分析师摆到了神话中的“全知之地①”上，仿佛后者十分清楚，该不该减少治疗的频率。任何一位分析师都该拒绝扮演这个象征的角色：知识并不在他本人的人格里，而在分析对象的潜意识之中。因此，分析师转开了话题，把关注点引向了特蕾莎发言中的一个细节。

“今天你说了好几次‘显然’，你觉得这意味着什么？”

“就很显然咯。”特蕾莎答道，抖出一个讽刺的笑容。

对于一名精神分析师来说，什么都不会是显然的，可她需要这么一个人，对于他，什么都是显然的，他不会一直去分析你说的，不会质疑你，而是会像一扇透光的窗一样把那些话通盘接过去，而这扇窗正是为她特蕾莎而开的。作为她自己，也不想再为了工作而倾听了，而是想情真意切地听、满足好奇心地听。让她厌烦的不是过多的诊疗，而是没有与之对等的回应：友好的、真挚的、不求报偿的话语。

“我们什么时候再见？”分析师问她。

“周二，老样子。”

---

① 即阿兹特克传说中，魁札尔科亚特尔最终去往的，在环绕世界的大海之外的智慧之地、红与黑之地。

十九

堵了两小时的车，卡梅拉到家了。时间已经很晚了。见保利娜在饭厅里学习，也不睡觉，她训了她一顿。她吃了盘粗粮当晚饭。洗个盘子洗了好一会儿。上楼的脚步像个一点力气不剩的爬山者。她侧过头在马泰奥的门上听了听，看他是不是还醒着。她继续向前。见拉蒙在看新闻节目，她问他感觉如何，能不能把电视关了，随即从包里掏出了那块金表，平心静气地把它放到了床上。

“为什么不告诉我？”

拉蒙看那块表的神情就好像那是他女儿床单上的一个用过的套子。他示意卡梅拉，好好给他解释解释。

“我问莱昂纳多了，那天他为什么过来见你。这小家伙，连撒谎都不会，又怎么干得成律师呢？”她在床上坐下，单手放在了她老公的左脚上，“你卖它干吗？又不解决任何问题。”

拉蒙拿起他的本子，翻到新的一页，写道：我的事你不该管。

“我也没什么别的可管啊，还是说我有？要哪天我把首饰都拿去当了，那必定是因为我们连饭都没得吃了。只要还没到那个田地，我还是希望它们好好在那儿，”她指了指衣帽间，“以防哪天我们真遇到麻烦了，还能拿出来救救急。而且你还没告诉我呢，这钱你要用来干吗？”

“开公证书用的，交给公证处，我要赶紧把房子赠与你。”

“你还想这呢？哪怕你跟艾洛迪娅联手给我戴绿帽子，我也不会跟你离婚的，OK？而且你把房子赠与我干吗？你不是还有遗嘱吗？再说你不会有事的！”

拉蒙着急问她要回了本子。

“要我不在了，我不想给他们留下任何可以履行的债务。你真不知道欧内斯托能做出些什么。”

“我们会逐步逐步还他的。不用给我你那半房子，我们也不会离婚的，OK？你会撑过化疗，然后慢慢恢复的。你得下定决心：我一定会好的。哪天你再把这块表传给你儿子，”那货一定会把它卖掉的，他就是个大尾巴狼，“我们会告诉他，去买表的那天，我俩有多幸福啊，你还记不记得了？”

他点了点头。

“那你就别贱卖我们的回忆了成不成？还是背着我做的。我已经快受够了，外人都把我当傻子——‘那倒霉婆娘’，大律师的老婆，完全就打不来官司嘛。全世界都在跟我作对，也包括你秘书，这傻货，就是个厌女症患者。”听她飙起了脏话，拉蒙吓得一抖。“对，我已经忍不了那傻货老太了，可我开不掉她，主要开不起她，我也只能忍着她。结果没过一会儿，莱昂纳多又夹着尾巴来了，我还得逼着他招供。”我得给他去条消息：谢嘞，屁精，你可够忠诚的。“那你叫我怎么觉得呢？你也设身处地为我想想啊。”

拉蒙搬出了一副实在过意不去的样子，他想，开个玩笑吧，和好了算了。

你别生气嘛。我知道啦。我不仅设身处地，还穿上你的裙子，套上你的高跟鞋呢。可我们法院还是要去的，行不行？这都是为了我们好。

“我看还是别去了吧，也别高跟鞋了，想想你化妆那天吧。”

艾洛迪娅猛画着十字，从没这么激烈过，她刚出马丁内斯家门，胸前夹着那块金表。她被拉蒙说动了，他告诉她，到时一部分钱会用来付清欠她的工资，他还要给贝尼托买个说得过去的笼子。

艾洛迪娅的任务是，乘坐公共交通去市中心——拉蒙没有现钱让她打的——然后赶在孩子们放学之前回来。

她疾速走向了公交车站，同时感觉到了冰凉的金属与胸罩之下发热的皮肤间的摩擦。黄金让她染上了偏执，所有人都在看她，所有人都知道她的衬衫下藏了个亮闪闪的纯金大宝贝。问司机买票的过程中，她的硬币就撒了，蹲下去捡的时候就得万分小心了，身体是不敢有一丁点前倾的，就怕那块表待不住了，从它躲藏的地方溜出来。她在窗边找了个位子坐下，开始假装睡觉，以掩盖她的紧张：那些臆想中的小偷已经在窥伺着她了。

她安全抵达了地铁站。下楼时，她极度当心，就怕出什么意外，手表的完整性就不保了。她感觉，除了焦虑和脆弱之外，她还变得更漂亮、更年轻，也更白了，就好像有了黄金在怀，她便趋近了征服者们所渴望并强加于世的美女的模板。金子是国王、主教和毒枭最爱的装饰，是极端之物：上帝和撒旦都喜欢。

她在宪法广场下了车。当心市中心的扒手，拉蒙提醒过这么一句。她上到街上，见正对面就是主教堂，她抖豁起来。她又画了几遍十字。她摸出地图，是拉蒙画给她的，上面标出了她该去卖表的珠宝店的位置。她认真分析了一通草图，换上坚定的步伐，顺利走岔了。到了邮政总局街和危地马拉街的交口上，她才意识到自己迷路了，又见过来一帮吸毒的，很可能是死亡圣神的信徒。她打了个寒战。要我跑起来的话，她想，他们一定会把我给截住的。于是她原地石化了。她只觉胸口的金子在喊着"我在这儿呢!"，又觉心动过速，那块表都要给她震出来了。最终，她挺在了那儿，像个卫兵似的，等那些坏人走了过去。他们没转过来看她。

她又走了两个街区，试图辨明方向，又求助了个店主，他给她指了条回到宪法广场的路——一条阴暗的巷子，她差点没被一个卖冰棍的给吓死。到了大广场了，她想着还是咨询一下别人吧，便挑了个金发碧眼、看着特别好说话的。

"不好意思，"她这就问了起来，结果这人是从荷兰过来旅游的，"马德罗街怎么走?"

尽管这位游客只会一点基本的西班牙语，还是帮她找到了路，多亏了他的指南针，以及那份巨大的市中心地图。

她平安抵达了珠宝店。她求见了经理，说是从马丁内斯律师那儿来的，又递给他张卡片；拉蒙在上面详述了他跟特佩亚克珠宝店老板的种种缘分，随后便表达了卖表给他们的意愿。

"表还在我身上藏着呢，"艾洛迪娅说得很小声，"能用下洗手间吗?"

她独自进到了那个小卫生间里，在马桶上坐了下来，解开衬衫，掏出了那块金表。表是用超市塑料袋包好了的，就怕出汗打湿了。

经理叫她在柜台这儿等一等，他去验验成色。

“您这是去哪儿呢？”她怀疑地问道。

“去验一下纯度。”

拉蒙没提过这个。

“在这儿不行吗？”

“不行的，女士，您不用担心，我去去就来。”

艾洛迪娅思量着她该怎么办：要那经理迟迟不来呢？或者出来的时候跟她装傻，就跟不认识她似的？要她被骗了怎么办？东家在求她干这个的时候似乎挺绝望的，嘱咐她一定得悄悄地，因为这笔钱是要用来“给夫人一个惊喜”的。这话怎么听怎么别扭，但艾洛迪娅还是接受了，也是出于对东家的尊敬；除此之外，他不是答应了要付她拖欠的工资嘛，她还挺需要那笔钱的。可警察会选择相信谁呢，知名珠宝店的经理，还是一个连投票卡都没有的用人？她不仅仅会丢了工作，还要坐牢呢，被送到圣马塔阿卡提特拉监狱去，跟杀人犯和绑架犯关在一起，都是剃光头的女人，带文身，混黑社会的，她们会狠敲她孩子一笔，不给钱？不给钱揍她。

“我出五万。”经理回来了。

艾洛迪娅听了这个数字一抖。她知道对方会给她挺多钱的，但没想到那么多，这要怎么藏到她胸罩里呢？她一边掩藏着她的紧张，一边掏出了手机，拨打了律师的电话。拉蒙接了起来，紧接着便摇响了个铃铛，示意他在听。

于是她讲了起来，其大声的程度，仿佛对方不仅仅是个哑巴，耳朵还是半聋的：

“我跟店老板在一块儿呢！”又变叫喊为低语，“他问五万行不行。”

拉蒙跟她约好了，在桌子上敲一下，意思就是不行，两下就是行。艾洛迪娅把这条简单的规则记了下来，靠的是不停念叨“一下不行两下行”。

拉蒙坚定地敲了两下桌子。

“那就是行咯？”她问。

她又听到两声。

“好的。那现在我可以打的了吗？”

两声。艾洛迪娅道了拜拜，拉蒙挂断了。

回家路上，艾洛迪娅幻想着用她身上的钱可以做到的所有事：买上一台洗衣机、一套燃气灶、一双漂亮的鞋子，给她孩子配台新电脑、再来个花洒加热器，以及无数的头饰——她唯一的虚荣。

艾洛迪娅被她消费主义的妄想给催眠了，便忘了告诉司机在哪儿左转了，于是到家之前，她不得不绕了一大圈。到了这会儿，她才记起了《福音书》里的那章，其中耶稣说道，一个人不能事奉两个主，上帝和玛门①。

“我来啦。”艾洛迪娅一进家门就大声宣布道，用的是胜利者

① 意为“财利”。

的口吻。

拉蒙正在热切地盼着她，但这场会面的气氛却有些怪异：她并不能把钱马上给他，而是先得去到楼上的洗手间，把藏在胸口的一捆捆的钞票给掏出来。

当拉蒙终于把那些钱捧在了手里——还是温温的呢，因为一直接触着艾洛迪娅的身体——他着急数了起来；久违了的感觉：有这么大的权力浓缩在了他的手心。纸钞上，数十个胡安娜修女和萨拉戈萨将军正在死板地看着他，全然无视他们主人脸上闪耀着的世俗的快乐。有了他们，拉蒙便可以重新开口说话了，他将浮夸地道出他最后的意志。

二十

阿尔达玛把墨自大生物医学研究院院长的侮辱性的回复念了一遍又一遍。它开篇就犯下了一个不可饶恕的错误，称他为“尊敬的阿尔大妈医生”；要是哪个对自己的性别有所怀疑的男的，可能早就疯了，可他最难受的点却在于，对方在发信之前都没有费心检查一下，把这笔误给改了——想必是拼写检查给害的，电脑的判断力是零嘛。随后，这位著名的基因学家为他迟迟没有回复跟他道了个歉，顺便抖了句俏皮话，讲的是他的组织再生研究：“抱歉没有早点回你，但有时我们得做选择题：是打开一封邮件呢，还是打开一条蝾螈。”要在别的情况下，阿尔达玛可能还挺欣赏他的机智的，可在这件事上，他觉得这就是个厚颜无耻的表现：对方根本不在乎他。

没有任何外交辞令作为铺垫，这位研究者就开宗明义地告诉他，在所有癌细胞相关的领域里，“院里”唯一的兴趣点是端粒。所谓端粒，也就是染色体末端的保护结构，作为基因书的封皮，它可以在细胞分裂过程中保护好遗传的书页。就好比抚摸和剐蹭会有损书皮，频繁的减数分裂也会耗蚀端粒，从而加速细胞的老化。那在某些情况下，癌变的过程就会包含端粒酶的重新激活，后者的能力是在每次分裂过后对端粒进行修复。用这种方式，癌细胞就可以逃过自然的损耗，继而达到永葆年轻的目的。

这位基因学家会如此认真地想去刻画端粒，就表明他不信任像阿尔达玛这样的临床肿瘤学家的生理学知识，而这样的羞辱比起之前那些更是有过之而无不及。可是，念完整封邮件，最叫阿尔达玛愤怒的还数下面这件事，即他从信中得知，最早拉他一起研究的那位病理学家，路易斯·拉米雷斯，利用了他，为的是他私人的目的："既然拉米雷斯博士对参与我们的端粒研究表示了他的兴趣，称可以用上你们患者的细胞系，包括你们在观察的一些样本，那我们十分肯定，无论是你们学会还是我们院都会受益良多的。"卑鄙的拉米雷斯"表示了他的兴趣"。他从来就没有在乎过横纹肌肉瘤会不会有什么特殊癌基因。他实际要的只是一个能够分泌端粒酶的细胞簇，正如拉蒙的这个瘤。至于其余的嘛，包括阿尔达玛的参与，就都是临时加的了。那基因学家用一句碑文式的判断结束了他的邮件：你甚至都没法证明，在与遗传性肥胖相关联的 FOXO1 等位基因与一种如此罕见的肿瘤的发生之间存在什么相关性。坦白地说，你的假设，我觉得是站不住脚的。"

除了感觉被拉米雷斯欺骗了以外，阿尔达玛还很羞愧，从科学角度看，他的想法是如此地天真，被个粗线条的研究者给耻笑了。到头来，那些闲话是对的：进军基因组学，真是他老糊涂了。他为骄傲而自责：医生就该自足于不负他希波克拉底的使命，自足于收取他丰厚的报酬。这里所说的救命和挣钱，已经能让大部分肿瘤医生满足了，可他不。要说他对科研是什么感觉，他想起了圣奥古斯丁的一句话，它是这样讲的：*我爱你已经太晚了，你*

是万古常新的美善，我爱你已经太晚了！① 他爱显微镜和光谱仪已经太晚了，爱 DNA 优雅的双螺旋已经太晚了，体验到那种震撼已经太晚了——那些最最基础的突变，却足以自深深处解释生命的起源。他要窥探的还不仅仅是那些古怪的肿瘤，也包括一个又一个时代的演化：从遥远的原始汤到狡猾的两足动物，后者只是看了眼自己，便觉自己高于了同族。

阿尔达玛默默接受了，他是永远也不会知道，拉蒙·马丁内斯的癌症是如何形成的了。那是肌肉细胞中极端诡异的一支，接连八轮激进的化疗外加两个月的放疗都被它一一避过。

同样嘲讽了阿尔达玛的还有那个横纹肌肉瘤，它像苔藓一样覆盖了患者的肺部，又像珊瑚，攀附上了脊柱的礁石。这会儿它们又会聚居在哪儿呢？当他告诉拉蒙已经没得治了，转移还在继续的时候，后者似乎松了一口气，就好像所有这些肿瘤治疗只是为了说服他，对他而言，绝望才是最幸福的诊断。但马丁内斯夫人就不一样了；她愤怒地甩来了一堆问题，与其说是在索要信息，不如说，就是在骂他没用。这怎么可能呢：都治了这么久了，吃了那么多的苦，到头来你就指指胸片上白色的区域，告诉我，癌症越治越厉害了？阿尔达玛试图跟她解释了，不做化疗的话，她老公都不一定活得到两个月，而实际上呢，尽管他染上了这种异常狠毒的肿瘤，却还在癌症被诊出后存活了将近一年时间。所以考虑到种种因素，他的治疗应该算是相当成功了。那么好，马丁

① 摘自周士良译《忏悔录》。

内斯夫人质问道，用的是挑衅的口吻，那原发肿瘤细胞的研究呢，到什么程度了？阿尔达玛真想告诉她，整个儿就是骗人的，是一个细胞老化的项目，要用上你老公的组织。对基因青春永驻之泉的寻索是会开花结果的，可那都要到好多好多年以后了，无论是你老公还是我都用不上了，我也马上就退休了，要遁入遗忘了。我接诊过成百上千个病人，也治好过许多，可在盘点那些回想起我来还能带着感激的人的时候，还够不上一只手。

他回答她说，细胞研究是设计化疗方案用的，他再次重申道，患者的生命不是延长了至少一年吗？听到这里，马丁内斯夫人不再提问了，而是节制地哭了起来。患者体贴地安慰起她来。阿尔达玛有机会观察了她一会儿。他接待过的家属也得有上百位了，足以让他评判他们的性格。在治疗期间，马丁内斯夫人就证明了她是个平和的女人。许多患者的配偶都会表现得非常激动，说着说着就会吵起来，对医生百般责难，也不管前因后果、具体情况是怎样，就总想成为关注的焦点。可她不：她陪她丈夫来过几十次了，很稳重，可以在化疗室外等上好几个小时，排着长队去献血、取化验报告、交尿样。她从来没有表现出信什么教的样子，或是过于乐观——迷信的世俗形式。她的行为方式只能有一种评价：文明人的典范。她发火是可以理解的：她这边该做的都做了，是医生负了她。然而，像酒店经理跟不满意的客人道歉这种事，也轮不到他阿尔达玛来做。医学就是个发育不全的行业，大体靠的还是直觉，没法指望什么完美的结果。

许多人都觉得，科技的进步会最终驯服癌症，将肿瘤科变成一个像牙科一样鲁棒的科室。患者在治疗脑星形细胞瘤的时候，也会十分之坦然，就跟牙蛀了就去拔掉一样。可对此阿尔达玛是不信的；他并不相信文明世界的繁荣能够一直持续下去，一直持续到这肿瘤学的天堂成为现实的那一天。

二十一

“怂货依依依！怂货依依依！”鹦鹉直觉感到拉蒙就快回来了，便叫了起来。作为它日常预言的唯一见证者，艾洛迪娅每回都会去跟拉蒙说，这回也不例外。

“我在那儿洗着东西呢，就听贝尼托嚷嚷起来了。老爷要回来了，我说，得赶紧给他拿杯欧洽塔[①]下去，我想着天这么热，他指定得渴了。”

谢谢它了，拉蒙心想，便出去看它，贝尼托用更龌龊的句子欢庆着他的到来。它的新笼子要相当于鹦鹉界的好莱坞大厦了：四立方米的空间，六根桃花心木的杆子，分列在不同的高度，一段金属楼梯，通往的是个露台，还配备有秋千、带微缩礁石和棕榈树的水池、自动喂食器、夜间隔热罩，以及笼底易清洗托盘。一对金刚鹦鹉都能在里面过得舒舒服服的了，如此奢华的宅邸，占去了花园桌子的一大半。

你不害臊吗？他问贝尼托，要知道你过得已经不像华雷斯总统了，倒像他妈的马西米连诺。这人倒是特别人道主义，可他妈呢，瞎钻营个啥呢[②]？此刻，诸多词汇的遗物正在入侵着拉蒙无

---

① 一种墨西哥传统饮料，清爽解暑，色白味甜，以大米为制作原料。

② 马西米连诺签署的《墨西哥帝国临时法规》着力保护社会下层利益。其母索菲曾告诫他不要和臣民分享权力。

声的独白，“瞎钻营”就是其中之一。此前，这些从妈妈那儿传下来的古董从来都没有出现在儿子的话语里。然而，浓稠的缄默之流在冲捣着记忆的河床，掘出了那些已经不再使用的词：“缠团儿”“裂裂”“晚午饭”“母四脚”“拷乐”和“席子包儿”。① 根据特蕾莎的讲法，这些声音的出土是个信号，他的大脑已经对过去做起了审计，在查找着任何能说明他如今状况的资料。我们这辈子最想要的，这位分析师说道，就是搞清楚为什么。

今天他们把我的插管给撤了，拉蒙告诉他朋友，反正化疗也不做了，用不上了。负责姑息治疗的大夫本来还想把它留在那儿的，打止痛药方便，可我借口说痒，还是叫他们给撤了。我不想死的时候胸口还有根管儿，总觉得有点那什么。可我的腿是真他妈的疼啊。因为肿瘤压迫到我的脊柱神经了嘛，你就想象我得了坐骨神经痛好了，只不过是在腿上。待会儿他们会给我热敷的，就会慢慢消了，可是刚才坐车那会儿，你真不知道我有多疼；最厉害的时候，每疼一下，都跟挖了我个蛋似的。后来我就在想了，要在史前时代，人得了肿瘤，他该怎么办呢？我跟我女儿一起在网上查过，几千年前有没有癌症，说是有的，这操蛋玩意儿，连恐龙都逃不掉。可是，就说眼下这会儿，海狮都还在得着睾丸癌呢，都是水污染给害的。具体我也不记得是哪儿了。反正是在美国。然后你知道癌症哪里最多吗？特蕾莎说是加拿大，那里什么都是人造的。在她看来，只要是天然的，她就欢迎，哪怕蝎毒都

① 瞎钻营：多管闲事。缠团儿：笨手笨脚。裂裂：废物。晚午饭：下午茶。母四脚：妓女。拷乐：什锦糖果。席子包儿：呆子。

是好的。那毒草呢？有句讲句，吃下来的感觉是真的好，我说大实话啊，管她妈的蛋呢？我那医生给我配了两瓶鸦片类的药，其实说到底，跟当年中国人抽的那玩意儿也没什么区别，但有一点，这是有处方的，贵得都要卖肾了。那特蕾莎就跟我说了，她那儿的大麻不要钱啊，因为有人帮她嘛，所以是免费送的。谁送的？为什么要送？其中必有蹊跷。你就记住我这句话吧：这辈子都不会有谁送你东西，不收任何报酬的。可她都这么跟我推荐了，把它大吹了一通，我也就接受了。紧接着她就掏出了个收音机似的东西，只不过天线换成了吸管，叫我像抽烟一样，来上那么一小口。不是烟，她告诉我，是蒸汽。结果什么感觉都没有。那你再来一口呗。我来了。然后过了仅仅五分钟。你不会相信的：我硬了。我都快不记得硬是什么感觉了。真的是很奇妙。但我要说，又是仅仅过了一会儿，我的背，本来都快疼成狗了，结果一下子就好了，一点儿都不疼了。到了这会儿，我已经有点儿高了，脸上像有蚂蚁在爬，周围所有东西都变慢了。但我跟你发誓，我兴奋起来了，不是因为我的医生啊，那可怜的小老太。我是整个人都兴奋起来了。而且哪儿哪儿都不疼了。怎么样？她问。我立马就给她敲了回去：感觉好极了。如果二十年前有人告诉我，说我会迷上吸毒的，我肯定回他一句：不可能的，你疯了吧？可是您瞧瞧。后来紧接着这个，她又问了我些什么，我已经记不起来了。我是低头去看键盘了，是想回她的，结果我也不知道你能不能想象啊，那键盘开始说话了。这事整个儿都怪极了。我都看傻眼了。就每个按键都在念：A——T——R——U——待我醒过来的时候，已经是躺在那张长沙发上了，心里那叫一个美。就看她给我递了杯牛奶过来，说喝了它，卡梅拉已经在外面等了，她告诉她说，我睡了一小会儿，因为我感觉不太好。后来我出去的时候一脸正经，她就完全没有察觉。特蕾莎说，如果我需要的话，她还可以给我点儿，好在家里用。你能想象吗贝尼托，在这里吸毒？去他妈的吧。可不能让我的小孩儿们撞见我在抽大烟，这叫什么榜样啊，到头来他们对我最后的记忆就是“我爸抽大麻抽高了”？不行不行。可下周再去她家的时候，我肯定还问她要……估计也是最后一次了。我已经把房产给转让了，就差离婚协议了，既然卡梅拉都接受了我要走了，她也不再跟我作对了。有天她问我要不要先跟欧内斯托讲讲，先通知他一下，我回答她说没门儿。那傻叉，就得让他到了最后一刻才知道，到葬礼上去哭他的钱吧，对，就该这样。当时卡梅拉听罢，也没跟我找事儿，我就又趁势说要离婚了。她说她不想离，怪不好意思的，人该怎么想啊。“人”是谁？我问她。她说会留记录的。是，死亡证上会写婚姻状况，可那又怎样呢？谁会知道啊？孩子们啊！她道。跟他们解释一下不就好了，我说，又没什么可瞒着的，可她就是不愿意。马泰奥都要留级了，姑娘还不肯吃饭，都快抑郁症了。带她去看医生啊。哪儿来的钱啊？我觉得特蕾莎是会免费撑我们一把的，这老太不错，顺便叫她帮着解释一下我们离婚的事情。你能不能别提这个了！她号了出来。我就想安心走不成吗？我写道。那你叫我怎么活啊？她质问我。估计我能说话，我也不知道该怎么回……贝尼托啊，我当然理解她。可是，如果欧内斯托去买通了法官，搞个查封令出来，他们不就完蛋了？横竖他借给我的钱也不是他好好挣来的：要么供应商，要么员工，反正总有一个要被他搞。我还为他那些阴招辩护呢，这就是个禽兽啊，黑社会老大。并不是说我有多么社会主义啊，但像他这样的老板，就得弄他，得有人弄他。

贝尼托在秋千上剧烈摆荡着，像在频频点头，赞同拉蒙的计划。

二十二

阿尔达玛的手机响了，晚上十一点。周一。一吃过晚饭，他就缩回到了书房里，来听音乐来了。在肚里那两大杯红酒的助推下，他在他的碟海里搜寻起了阿拉姆·哈恰图良爽朗的《假面舞会》组曲。他的基因研究是流产了，但至少把他晚间宝贵的“音乐癖时间”也还给了他，这是他唯一可以被称作是自由的时段——全方位的。

“抱歉这个点打给你，”是马丁内斯夫人，“今天我在所里忙到很晚嘛，结果一回家，就发现我老公状况很不好，倒在我们床边了。”

阿尔达玛深深怀念起BP机来，那个上世纪末的小东西，是在手机全盛之前，收电子电报用的。如果有谁想跟他通信的话，得打给一个传呼台，台里的人会把信息记录下来，再问来他的名字和电话，一并发到收件人的机器上：“大夫，又出血了，怎么办”“上吐下泻，要紧吗”“医院来电。伊瓦涅斯夫人身故。萨拉敬上”。患者和家属在讲述病情时从来都没有像神奇的BP机时代这么言简意赅。

“您说，怎么了？”

“他起来想去厕所的，可没走两步就抽了，抽得特别吓人。结果厕所也没去成……我只好给他换了衣服，去把儿子叫醒了，一起把他抬回了床上。我给他吃了曲马多了，可他还是抽抽。”

“吃了几粒？一粒吗？”

“对。因为下午的时候已经吃过一粒了，还吃了酮咯酸。”

“好的。那现在再给他吃一粒曲马多，然后问药房要两百毫克的塞来昔布。等塞来昔布到了，给他吃一粒下去，再加一粒咪达唑仑，指望他能睡着。”

“您能不能给我重复一下那个药名？”

“塞——来——昔——布，往昔的昔。明天到我诊室去一下，十点之后，问我秘书要个镇痛膏药的方子。她会教你怎么用的。”

“太感谢了。我明天会去的。”

“好嘞。告诉你老公不用担心，就等着看那膏药吧，绝对神奇。”

二人道了别。

阿尔达玛想着，一旦大剂量地使用鸦片类药物了，患者的神经就会闭嘴，就不会无止境地报告王国将倾的消息，从而压垮他的意识了。因为痛苦也是知识。所以才会有那些鞭笞自己的人，他们的空虚和无知是如此之大，以至于这样一种知识也会叫他们快乐。也正是因为这个，才会有那么多人对海洛因上瘾：他们的世界太不幸了，导致他们唯一的知识只能是从痛苦中获得的。你老公——他真想告诉马丁内斯夫人——他太清楚这是怎么一回事了，所以他才会受苦，才会号叫，你看没看过纽约现代艺术博物馆里西盖罗斯的《集体自杀》呢？我真心推荐你去看看。因为里面画的，恰恰就是此刻你老公体内发生的。

他默默给自己倒了杯威士忌。时间已经太晚了，再去想看病的事，或是接着听热情的哈恰图良，都不合适了。他得放松一下。那要说这个的话，还有什么选择会比由次女高音洛林·亨特演绎的巴赫第八十二号康塔塔更好呢？这位女歌唱家是二〇〇六年死的，死因是乳腺癌，家族遗传的。而她丈夫，作曲家彼得·利伯森，则在二〇一一年时因患淋巴腺瘤而离世。

阿尔达玛对那些和癌症有关的音乐抱有特别的兴趣，比如说，他花很长时间听遍了勃拉姆斯的作品，因为后者很可能是因为肝癌或胰腺癌而死的。当他听说指挥家克劳迪奥·阿巴多得了胃癌，他立即买下了他所有的唱片，开始寻找起了他得病前后的录音的差别。他还叫人帮他从伦敦带回了伊阿尼斯·泽纳基斯的《转移》；听过之后，他才发现，这部作品就是个"随机音乐"的大乱炖。

他把哈恰图良从机器里取了出来，把亨特的康塔塔放了进去。虽说从大体上讲，这位女歌唱家的声音对于巴赫的音乐是有点儿过于"歌剧"了，可她很有说服力地唱出了西缅①，也就是这首康塔塔所表现的《圣经》人物的内心戏。这位次女高音在演绎这部作品时的完美的成熟度也许正是癌症赐予的：唱片录制时，它已然终结了亨特的母亲和姐姐的性命。这首康塔塔取自《福音书》中罕见的很柔软的一章：约瑟和马利亚把耶稣抱去了圣殿，而老西缅认出了他就是弥赛亚，便把他接到怀里，唱道："吾已足矣。"其中混杂着的情感，阿尔达玛捕捉到了：他够了，也完整了。

"我有救主——虔诚者的希望，我将他抱紧在我渴望的臂弯

---

① 西缅是雅各的十二个儿子之一，在记载中排第二。

里。”“吾已足矣……”

当洛林·亨特用她的声线驯服着粗粝的德语，阿尔达玛也哼唱起了这段美妙的旋律。

“所以就在今天，我将怀着快乐，与此地作别。”

西缅老了，也累了。在婴儿鲜活的轻快面前，他岁月的分量也就更显沉重了。他歌唱着，就像在说：“耶稣啊，世界就交给你了。我去睡了。”

“吾已足矣。”

阿尔达玛细品着唱段的尾声，伴着一口威士忌。完全的静默。随后是一段热诚的宣叙调：

“啊！愿主解脱我身体的奴役！”

这首康塔塔也是一节死亡预备课。又一个停顿。又一口威士忌。随之而来的是最后的咏叹：

“我为死亡而快乐。啊！但愿它已经来到，让我得以摆脱把我囚禁在这个世界上的痛苦。”

只有一位狂热的路德派教徒才会为了一场死亡的庆典而写下一段如此欢乐的音乐。还有什么会比这首曲子更有说服力、更适合用在终末期病患的辅导之中呢？阿尔达玛希望，他自己最后的时刻，也会有这首康塔塔的这一版本相伴。

当西缅怀抱耶稣唱起来的时候，那孩子并不知道他十字架上的未来。假如知道的话，他也会吓得大哭起来的吧。阿尔达玛记得教义上说过，耶稣确实是知道的，至少是在被捕前夜，在客西马尼园里。那为什么他没有像之后那么多亡命徒一样，逃去加利利呢？基督受难，这么长时间的痛苦，也算解剖学的一种研究生课程了。他终于了解了痛苦，了解得那么深，从而将死亡的问题也解决了。这么多的痛苦，这么多的知识：于是到了第三天，他才得以从坟墓中起来，安然离开。为什么他不留下来呢，全身心地为了地上的永生而争斗？也许在痛苦之中，他已经预见到了，这是注定要失败的：没有人会自愿遭受这么多的磨难——学习这么多的知识——以至于变人为神。

“吾已足矣。”在消散为灵体之前，耶稣或许用亚兰语这么想过。

“很遗憾地通知您，名为人类的肿瘤已经转移到了刚果、西伯利亚、婆罗洲和亚马孙。”

谁能医治世界之癌呢？阿尔达玛想着。他关灯去睡了。

“吾已足矣。”

二十三

两周没见拉蒙了，特蕾莎收到一条他发来的消息："我脚还是有问题。晚上好。上回说的那东西对炎症有用吗？拉·马律师。"她立刻就回他了，说是有用的，她很乐意给他上门送"药"去，要不就明天？她已经习惯用婉辞指代大麻了，因为，听到那个承载着诸多神话、耻辱和阶级偏见的名字，几乎没有哪个患者会感觉舒服的。她更喜欢它的学名：Cannabis sativa；她觉得它更女性，也更好听，因为单单一个"sativa"，就把代表"满足"的satisfacción 和代表"智慧"的 sabiduría 给联系了起来[①]，而在她看来，这两种精神状态是十分接近的。

由于拉蒙的情况不允许他抽烟，他也买不了蒸发器，她就打算弄点大麻饼干给他，好让他在牛奶里泡软了吃，这样就不会惊动他家人了，他不想告诉他们关于新疗法的事。那么首先，她就把一块女牧人牌黄油和两勺细细磨碎的大麻一起倒进了锅里。一等黄油融化了，她便搅拌起来，直到液体变成了开心果似的鲜绿色。在另外一个玻璃碗里，她打匀了两个蛋黄、一个蛋清、一杯半的面粉和一勺酵母。随后，她又倒进去了半杯砂糖、半杯巧克力粉，为的只是盖住它可疑的颜色。最后，她把 sativa 黄油拌了

① sativa在拉丁语中意为"栽培"。词首与西班牙语词satisfacción和sabiduría相同。

进去。待面团发好了，她手工把它分成了十五块饼干，摆到了一个金属盘上，送进了预热到 325 摄氏度的烤箱。热气按摩着它们，使它们膨胀脱水，又给它们镀上了金边。成品做得这么好，连特蕾莎都敌不住诱惑，自己吃了一块。她去找了本超现实主义的画册，坐下打开了，享受起了饼干带来的视效。她翻了好一会儿的书，随后，她就地自慰起来，伴着眼睑下那幅癫痫前兆似的挂毯到了高潮：左，右，上，下，到处都是芒果、柠檬和蜜桃。

第二天早上，她醒过来的时候，还带着些微的“宿醉”。她好不容易把大清早的诊疗给推了，吃过早饭，一杯浓缩咖啡下去清醒了，便往拉蒙家里走去。

那位用人用极不信任的眼光迎接了她，就好像她是什么卫生检查员，来看她照顾得怎样的。她把她领去了书房，拉蒙在跟小孩儿们一起看电视，他们费了老大劲才跟她客客气气地问了声好——他俩一直都是那副死气沉沉的样子，像搞虚无主义哲学的，又像市立博物馆的保安。

拉蒙比了个手势，意思让他俩单独待会儿，他已经在本子上写了得有四五行了。她接过来念道：很感谢你来。我老婆在电话里也跟你讲了，这病没得治了，之所以问你要那个，是因为上次一吃完，我感觉就好多了，尤其走路的时候，现在正常叫我走的话，是非常吃力的。他们给我的药就光是能止痛，难受还是难受的，不知道我说明白了吗？总之，我就是想当面感谢你，给我所有的这些照顾。认识你很高兴。

特蕾莎回答他说，想甩掉她可没这么简单。拉蒙笑了，虽然知道是句玩笑话，但听着还挺舒服的。

“看你喜不喜欢这些饼干吧，”她说，“能吃两个礼拜左右，到时再给你带新的，你觉得如何？”

他的眼神在说，别天真了。她道，这饼干有奇效的。随后她便转开了话题。

“带我去看看你的鹦鹉呀？”

拉蒙艰难地站了起来。两人来到花园里，鹦鹉用它粗俗的马屁从拉蒙那儿抢来了些笑声。特蕾莎高声讲起了她的回忆，她奶奶也养过只鹦鹉，跟这只长得特别像，她还补了一句，她做点心的手艺也是她奶奶教的。跟患者的关系处到这个地步了，也就无所谓保持什么不透明的形象了。死亡学并不是精神分析的一环。这是身着丧服的咨询、一种职业化的安慰，是容许有一些亲密度的。

两人回了书房。到那儿之后，她叫他写写，他在情绪上是如何对抗痛苦的。拉蒙比划着说不懂。她便问道，他有没有让他家里人拍拍他抱抱他啊，或是跟他们去倾诉，或者他自己是怎么扛下来的。

他们已经够难的了。我也忍了许多。我过的这都不叫日子了。我走了他们就可以消停了。

“不，拉蒙，”特蕾莎认真地说，“他们会想你的。他们会非常想你的。你知道怎么才能帮他们继续往前吗？要让他们感觉到，他们是有和你紧紧联系在一块儿的时刻的，他们终于了解了你，你也了解了他们。我知道，你大概觉得，自己已经变成他们的负担了，还不如就……嗯。但你仍然有一件非常要紧的事，要去为他们做的：跟他们说再见。说再见，慢慢地说，也教会他们告别。虽然没人这么告诉过我们，但它同样是可以教的，我奶奶就给我们所有人都上了一课。她叫人把神父请来了，还买了他最喜欢的甜食，来好好招待他。她送了我们每人一样东西，跟每人都说了些特别的话。这就像一场精彩的讲座一样。你跟我说，对你而言，最重要的就是给他们留下一笔财产，那教会孩子如何问好、如何说再见，就不重要了吗？去教教他们吧。这堂生命之课，你不能教一半就走了，那之后他们怎么能会呢……你再好好想想吧。然后饼干吃下来怎样，你发消息告诉我，OK 吗？行不行？”

人跟人的对话就是一局国际象棋，棋盘是无限大。有多少词语就有多少兵，有多少问题就有多少象，有多少誓言就有多少马，有多少辱骂就有多少车。有一个无比重要的王，他唯一的作用就是逃避被将死的那一步——那是一个大大的简单疑问句，无论你往哪里跑，都是个不字。还有一个强大而脆弱的后，每一步都在玩命，没有比用她将军更美的了。嗯。

二十四

膏药和饼干暂时缓解了拉蒙逃离痛苦的渴望。他被塞满了镇痛剂，又被特蕾莎给讲蒙了，便推迟了那套提前死亡的程序。他逐渐失去了对腿部的控制，开始接连咳嗽，听着就好像在微波炉里炸开的一袋爆米花。

卡梅拉推着个空轮椅走进家门的那一刻，拉蒙见到了他自己阴郁而又透明的鬼魂——一个侮辱性的场景。我才不会把屁股挪到那该死的玩意儿上呢，他心想，也确实没那么做，因为，把他的屁股挪上去的是安东尼奥，艾洛迪娅的儿子，他收了笔小钱，便同意每天早上过来，把律师从床上搬去厕所，再从厕所搬去一楼，那是轮椅的所在。而到了下午呢，他得再做一遍这些事情，只不过是反着来。他从很年轻的时候就在泥瓦匠那儿搬东西了，而比起一袋袋的碎石，拉蒙要轻多了，也更符合人体工程学。被这小伙子轻轻松松拎来拎去这件事也加剧了拉蒙的不存在感。

我已经想了一阵了，他对贝尼托说，除此之外，也没有什么百分百能成的了。还得用枪子儿。我一客户就是这么自杀的。一屁股债压得他喘不过气了，老婆跟网球教练跑了，女儿还在高速公路上给撞死了。他只好把自己关进了办公室里，照脑门一枪。到时我就给卡梅拉写，说带我去事务所，我想到我桌子那儿去坐坐。干吗在这儿自杀呀？这么糟糕的回忆，他们回头还得搬走。去的时候我得带上我的公文包，就说是去拿文件好了，枪就塞包里。我会说，让我在办公室里单独待会儿吧，在桌子后面坐坐，对着我的律师证和照片——都是裱了框的。我希望他们最终发现我的时候，莱昂纳多要在场，要先听声再见人。这点非常重要，不然太容易产生阴影了。如果在看到之前就先有了个想象的话，冲击力就会弱些。我还得蒙上点什么，枕套、运动服之类的，他们就不会看见我什么样了。现在烦就烦在，要怎么拿到那把钥匙，把枪盒给打开。我们当年是把它藏在衣柜顶上了，如今要我再爬凳子把它拿下来，显然是不可能了。傻瓜法律规定，帮助他人自杀也是要判两年到五年的，而且这还是间接帮助，因为要是协同执行的话，不管注射还是开枪，量刑都要比这重得多。不过，要你都签字同意了，那国家还管你有没有人帮吗？

又是艾洛迪娅被选中了。一天早上，拉蒙说不想下去了，把他放在房间里吧。等他老婆孩子一走，他便摇响了铃铛。

“有啥要我做的？”艾洛迪娅边问边喘，她是跑着上楼的。

拉蒙已经提前写好了指示：

请送我去衣帽间。然后踩到那个小板凳上，帮我把衣橱顶上的一把钥匙够下来，应该就在右沿上。别告诉我老婆。上回手表的事你也看到了。

“您不会又想偷偷卖掉什么了吧？”

拉蒙瞪了她一眼。她照做了。她踏上板凳，开始摸起了那把钥匙。只听见轻轻一声响，是金属撞到木头上的声音。就是它了，拉蒙想，可艾洛迪娅还在隔板上摸索着。

"没在这儿嘛。"依旧是那个不会撒谎的她。

我都听见了！拉蒙在脑中咆哮起来。艾洛迪娅转过头，只见一个像是中了邪的男人在疯狂地指着她，叫她赶紧继续找。

"瞧我这一手灰，我待会儿再来摸摸，它保准就出现了。"艾洛迪娅开始装傻。

拉蒙紧逼不放。不拿到你就别想下来了，我都听见了你个老骗子，给我拿下来快点儿。我知道它在那儿。刚我都听到了。

"您要它干吗呢？"艾洛迪娅问他。

关你屁事，你这多管闲事的婆娘，给我找，给我回过头去继续找。

"您别急啊，我们这就找着了，"艾洛迪娅态度之认真，有点儿过于夸张了，"明明只有灰啊，会不会夫人动过了？"

拉蒙摇了摇头，又指了指耳朵，意思他听到了。

"要我打她手机是吧？"

是个屁，蠢货，不都说了不能讲嘛。我都听见声了。你休想骗我。

"那啥，我的饭要糊了。我去拿下来。"

去你妈的吧。不给我钥匙你还想走吗？你个老叛徒，肯定卡梅拉跟你讲了。你就给我找吧，给我继续找，看谁先顶不住。

"应该是掉下来吧。都说没有了。"

骗子。我这就拿我本子去。我要给你一笔一画写下来，你休想背叛我。拉蒙把刹车给松了，开始往后倒。艾洛迪娅赶忙跳下了凳子。

“上哪儿我推您？”

我要我的本子。

艾洛迪娅把他推到了床头柜旁，他的本子和笔都放在那上头。

“我得跑去关火了，”拉蒙写着字，艾洛迪娅就说了，“我去去就来。”

拉蒙一把抓住了她的手腕。你哪儿都别想去。

“您别这样成吗？”

别跟我撒谎。我老婆都说什么了？

“什么什么呀？”艾洛迪娅一撒谎就紧张，都汗流浃背了。

钥匙就在那上头，我刚听到了。

“是别的东西吧。我刚碰到夫人的包了。”

你发誓你没找到。

“发誓是罪过啊，我这就回来接着找，让我先去把火关了成不？别捣乱了要糊了。”

拉蒙不让。

你可记得我为你、为你家人做过些什么，你这是在背叛我。我求你别到这个时候了还来背叛我成吗？看看我都这样了。

“我怎么不记得？我太感激您了，实在是……”她都快哭了，“它不在啊老爷，它真不在……”

她绝对感觉到了。她又不是傻子。她已经知道了。

拉蒙改换了策略。他双手合十，意思求求她了。他开始示弱了。

艾洛迪娅哭了起来。她用围裙擦着泪。

拉蒙又指了指衣柜，悲凉而凄切。

“好吧，那来吧。”艾洛迪娅说道，显然被他给打败了。

她再次踏上了凳子，从左到右摸索起那块隔板，泪水蒙住了她的眼睛，鼻涕浸湿了她的嘴唇。她在刚才发出声响的地方停了下来。拉蒙知道，它就在那儿，艾洛迪娅的手指此刻就搭在它上面，只要有了那片小小的金属，就能取出手枪，一举终结他的痛苦。快点儿啊，他呻吟起来，快点抓住它。

撤回来的手是空的。艾洛迪娅垂下了胳膊，从凳子上下来了，因羞耻而颤抖着。哭泣着。她没看他的眼睛。

“没有……我发誓没有。”

二十五

每次见她爸睡着了，脑袋歪到了一个奇怪的位置，保利娜总会经历一阵死了人的惊吓。自从拉蒙连上了呼吸机，日夜都戴着，就再也没法通过气息来判断他是否活着了。必须得注意那些更细微的信号：睡梦中眼睑的颤动、指甲的血色、颈腕部表皮上的脉搏。正是以这种方式，女儿学会了用一种更细致的感知力去观察她的父亲，以至于有时候她上着上着课，无聊了，就会描画起拉蒙脸和手的细部。

一个周日的早上，卡梅拉出去了，保利娜进来看看她爸爸，只见他在床头睡着了，怀里抱着盒饼干，盒盖打开着。她小心翼翼地走了过去，但这回，她没去检查那些生命的征象，而是瞧了瞧那盒饼干。结果一瞧，她胃口就开了，便慢慢把她小偷的右手伸向了铁盒。

这巧克力饼干有股野芥菜似的余味，想必是自然疗法了。虽说味儿有点奇怪，保利娜还是拿起了第二块。不像第一块那么难吃了。她感到舌头上一阵舒服的咯吱，就像一瓶冰饮料下去，到处冒泡泡的那种感觉。

过了二十分钟，她开始犯晕了，她相信这是上帝对她偷饼干吃的惩罚。她开始体验到了一种刀绞般的负罪感，还是慢镜头播放的，也想到了那种可能性，罪也是会引发呕吐的。她想过去找马泰奥，这样她难过的时候就不会太过孤单了，可她哥哥已经逐渐沉溺在了自我之中，埋头于他的电子附着物，从而变成了一具僵尸，保利娜都快不认识他了。她也几次跟她妈妈抗议过，让她说说他，叫他多管管他爸爸，但卡梅拉为他开脱了，说男人都是情感无能的，也就随他去了。

被大麻素搞得神魂颠倒的保利娜去了洗手间，用凉水泼着脸。她一照镜子，发现自己两只眼睛都发红了，同时还放着光。她看入迷了。那颗眼球，有着栗色的不完美的瞳孔，大红色的血管纷纷趴在了眼白上。她从来没有如此认真地观察过这个让人毛骨悚然的器官。紧接着她就惊讶起来了：这太难解释了，她眼睛有两只，鼻子怎么就只有一个呢？

看着看着那个鼻子，她就笑出了声。怎么会这么好笑呢？她不记得了。可能那饼干过期了？坏了？我产生幻觉了？她扑倒在床上，弹簧吱嘎作响，像一群奔逃着的耗子。想象耗子们在屋里乱窜的场景也倍儿有意思。她都快笑死了。她不断摇摆着盆骨，挑发着声音，而在耗子的节拍的带动下，她纵情放浪着，扭动着，终于扭成了魔鬼附身似的抽搐。全身力气扭完，她陡然停下了，继而又开始了新一轮的大笑。她从没觉得这么好笑过。她怎么了？她都想了些什么？统统不记得了。可她感觉好极了。

二十六

“最近去过国影吗？”爱德华多问道，一秒前他刚在长沙发上躺下。

这个无缘无故、始料未及的问题把特蕾莎从对她朋友洛德的悲悼中拉了出来。她俩是在化疗室里认识的。这朋友都这么多年了，从没出过任何的并发症，结果六个月前就复发了。只要一回来，谁都救不了，哪怕吃了再多的蓝莓、柠檬和石榴。

但爱德华多这边总像是发生了些什么：向分析师咨询私人问题这件事标记着移情过程中的一个缝隙，必须好好利用。

“以前我一直去的，”她回答他说，“我很喜欢看电影。”

爱德华多坐了起来。他转过身来问道：

“你觉得对我来说，那儿还算干净吗？”

目标是改变他的心理。阴郁的伦理学家们曾经断言道，人是不会变的。而特蕾莎同意说每个人都有一个不为转移的内核、一个性情上的“心”——这里用的是它最世俗的意义、五金上的意义，就好比聚乙烯管的铝心——但她相信，习惯是可以改变的，想法和情感也是。在爱德华多的本我、自我和超我——弗洛伊德的圣三位一体——之上，他只有一个精神上的“心”。正是弗洛伊德本人标出了那道路径：本我所在之处，自我必将在那里生成。在人格的三个审级竞相争夺的大陆之下有个稳定的根基，它不为环境所转移，也永不受突变影响。无论你看过什么样的书、经历过什么样的创伤或爱情，连行为方式都改变了，它始终如一。而精神分析，简单来说，就是在寻找这个无法回避的真相。正像启发了弗洛伊德的那些悲剧英雄一样，谁都应该在某个时刻遇见自己、认出自己，进而悟到自己的身份。为此，人必须相信精神是作为实质而存在的，但要命名它嘛，特蕾莎实在是找不到一个比“心”更新潮一点的词了。

“你要去国影？”

“我也不知道。”爱德华多说，“我从得白血病开始就没去过电影院了。得有十年了吧，还不止。再之前，我妈周五老带我去。”

爱德华多几乎从来不提他妈妈，要提的话，就是怨她做了什么不卫生的事。所以确实，今天的治疗还真就是决定性的了。

“那你想看哪部片呢？”

“一个叙利亚片儿，艾米莉亚把它贴在脸书上了，说是她看过的最美的电影，她等不及要再看一遍了。我密她了，说我也想看，此前我都没听她讲过叫什么名儿。她给我回了句‘走起’，三个感叹号。我说这周末我要出城，所以就约在下周了。哎，我光是想想就……要她想我在那儿亲她呢？就在位子上？周围就那种空气？我要怎么呼吸啊？或者她点个爆米花什么的，用手捞着吃，这也太恶心了吧！亲她我肯定超级恶心。我知道的。我搞不赢的。”

“那你具体恶心些什么呢？”

“恶心……艾米莉亚是不恶心的，那就不知道了……恶心我自己吗？”

真相就在这里，被这句话给映了出来，爱德华多终于面对着自己清晰的镜像。他呆住了。特蕾莎默默等待着，同时心想，这便是解药了：要改变我们的外观，照镜子是必须的，具体到这里，要改变的是他心理上的自身形象。所以弗洛伊德才会用那么多经典悲剧、那么多与自我相认的案例——自此，英雄终于和他的宿命合二为一——来支撑他的立论。特蕾莎还记得她自己的那个时刻，不在长沙发上，而是在一家宾馆的床上，和她的情人在一起：她说，她不想再做好女人了。当天晚上，她就跟她老公提了，说我俩离婚吧。胸口上的一阵刺扎感在提醒她随之而来的抑郁、社会上的指斥、癌症，以及那些愚蠢的自责。根据威廉·赖希的理论，肿瘤都是她的罪孽，是她心灵化的脓。当她阅读着这个庸医的论述，她是有多恨自己、多恶心自己啊？一如此刻的爱德华多。

“你为什么恶心自己呢？”

“没有。或者这么说吧，恶心的是我可能会在国影沾上的所有东西，我敢肯定，那儿比普通电影院还要脏。我看过一篇研究，是讲英国公立医院的，说它们每平方米的细菌数要比私立医院高出百分之三十，虽说私立医院的细菌抗药性更强。这也是显然的。但事情就在于，国影的卫生工作真的是有许许多多值得改进的地方。我也搜过了，这部片儿还有没有其他影院在放。答案是没有。连网上都找不到。因为这是在叙利亚拍的最后一部片儿。已经开始打仗了。所以真不是我们说的罗曼蒂克的那种。它讲的是一个念《古兰经》的盲人小姑娘，好像在伊斯兰世界，诵读《古兰经》的人就跟摇滚巨星似的。然后嘛，就因为她的声音特别好听，就有传言说，安拉听入迷了，为了不打断她的诵读，就把导弹都撇开了。那既然人们都相信了这点，一有轰炸的时候，聚过来听她诵经的人就越来越多了。但后来她被几个恐怖分子给绑架了，他们对她做了些很吓人的事，逼她在营房里唱歌，反正特别血腥。这我都是在预告片里看到的。边看这种电影边亲嘴也挺奇怪的哈？但不管怎样……我也不知道，反正无所谓了，她又不喜欢我的，她就是想再看一遍罢了。到时我要带着一身螨虫出来了，都是从四面八方沾来的，要一起把我给吃了。要我能在她进到放映厅之前就提前去把位子消毒了就好了。可我们肯定会在外面碰头的，不是吗？他们得提前半小时就放我进去。可那会儿肯定还有别的片子在放。"

关键的那一刻已经过去了，特蕾莎没有把握住。她应该不等他躲到恐惧症后面就及时打断他的。那为什么她没有呢？她为什么分心了？曾经有一个男人，她和他在一起，就以为自己得到了幸福；而爱德华多就跟那个男人一样，是台有理性的机器，马达里烧的是一个怯弱的小男孩的血——他一直就住在他心里，只是被堵住了嘴巴，因而说不出话来。是时候背叛她的疗法了。

"那电影叫什么名字？"她问道。

"《在多少个夜晚我战胜了月亮》。我也知道这名字挺俗的，可它在戛纳电影节上还拿了个挺重要的奖。"

"听着还不错啊。"

"但我不行的。要在艾米莉亚面前发作了，那就太恐怖了，以防万一，我是不是得戴口罩？"爱德华多指的是他的心因性窒息，在特蕾莎的治疗下，他已经基本把它给克服了，“那然后呢，我就得跟她编，说我有哮喘，这好像也不怎么好听吧？此外，我昨晚还看到个新闻，有只得了狂犬病的浣熊跑到达拉斯的一家影院里咬了三个人，其中一个因为是摩门教徒还是什么的，不肯打疫苗，结果两个月就死了。然后我就看起了那些得了狂犬病的动物的视频，还有那些口吐白沫的人，一个个都产生幻觉了，又不敢喝水，就活活渴死了。我在电脑上一直看到凌晨五点。然后好像啮齿类动物是天生就携带着一种病毒，打疫苗也没用的，你不死也得死。这些病毒到底怎么回事儿啊！都不用活着的，就可以叫你死。这种世界，叫我怎么活得下去啊！”

“那你为什么不提前去国影看看呢，看看感觉如何？”

爱德华多摇了摇头：

“我不能冒这险。”

“什么险？被浣熊咬上一口咯？”她确信，是时候用炸药破坏两人间的移情了。

爱德华多看她的眼神，就好像狂犬病毒已经作用到他的大脑了。

“我妈付你钱是为了让你理解我的，不是让你像她一样，拿我就当个笑话。”

“我这不就是在试着理解你吗？”

爱德华多站了起来，开始叠他那条铺在长沙发上的床单。要特蕾莎是个不留情面的人，她一个冲动，下面这些话也就说了：“你不是怕病菌吗？为什么？因为你恶心你自己。你恶心你小时候那些光头的照片，脸像死了一样地白，你妈又是手套又是口罩的。你恶心你下面那玩意儿，恶心它不听你话，趁你睡觉的时候，自个儿就射了。你不想让她和你妈妈一样，把你阉了，又或者说掏空了。你知道那只得了狂犬病的浣熊叫什么名儿吗？去问艾米莉亚呀，不就在她腿缝儿里吗？”

“谢谢你啊。”他讽刺了一句，准备好要走了。

“不然我陪你去国影吧。我还挺想看那片子的。”

爱德华多看着她，就跟某个星期五的晚上，看他妈半醉着回到家一样，一脸慌张。

“我请你。”特蕾莎补了一句。

终于，特蕾莎在没有大麻的烟云在场的情况下，又再度体验到了一个得以拯救其生命于荒唐的难以置信的时刻。

两人买了五点场的票。他们在放映厅外转了好一阵子，见几十上百个观众手拿大杯饮料、大桶爆米花经过。爱德华多每分钟都在看表。五点了。一位工作人员过来问他们了，是不是要进去看，特蕾莎回答说再想想。他们又想了半个钟头。他们听见了，远远地，一个让人陶醉的声音在歌唱。他们是黄昏时分走的。

二十七

欧内斯托给官老爷们塞钱了。你不就想要我的房子吗？你个该隐，做鸭的，雇主阶级的臭狗屎。趁欧内斯托最后一次到他家里来威胁他，他骂他可骂爽了。医生已经在迁出令上签字了。医生，法官，还不是一样的渣滓？因为阿尔达玛的上门费是欧内斯托给出的。卡梅拉跟他说了。你弟弟在帮付诊疗费呢，我们钱不够了。他这是在投资呢，这就是条毒蛇你知道吗？他要的是我们的财产。但拉蒙早就防住了这手。他会打赢这场官司的，依据的是《宪法》第四条第七款的住宅权，傻货你可接好了。而在法律保障之外呢，野蛮最大了。我就不还你了怎么地。阿尔达玛签的那东西是违法的。我俩之间能有什么账啊？一个娘胎里出来的，打从那时候起，债务就失效了。你弄不走我的。我有十个工作日可以上诉。话说现在几点了？拉蒙在药箱里翻找起了他的表。不在嘛。肯定欧内斯托给偷的。卡梅拉！我表呢？我得去法院了。判决有的等了。一年吧，大概。我把我表放哪儿了？告他们我要晚一点。这边出了点事儿。已经在路上了。我身体有点不舒服。你谁啊？你个二货，不就是个用人嘛，放开我，我说别碰我。别碰我了！他们付你多少钱？傻货法官，逮捕令在哪儿呢？快把我放下，白痴。叫卡梅拉来。我要申请保护。

“冷静点儿，”艾洛迪娅说道，“这是我儿子东尼奥[①]啊。”

给我看逮捕令啊。放开我，付你钱还不成吗。钱我有的是。你要多少吧？

先前他们把拉蒙的床给安到书房里了，这会儿，东尼奥把他搬上了轮椅，又把他推到了花园里。

“跟贝尼托问声好呀。”艾洛迪娅道，“早上好啊，贝尼托，律师来看你啦。”

把这破玩意儿给我摘了。我有权说话。

“这是氧气。就让它那样儿吧。别动了。”

“要不要我把他绑起来？”安东尼奥问道。

“他一会儿就好了。我不忍心把他绑成个粽子。”

我不要粽子，给我来个瘦肉红汤。你来点儿什么？我请。

“怂货！”

“瞧吧，他已经忘了。”艾洛迪娅对她儿子说，“去吧。你干活去吧。”

他们把拉蒙留在花园里打盹。睡梦中，拉蒙把氧气面罩摘了下来。贝尼托把他吵醒了。

“傻货！”

卡梅拉？快来帮帮我。

贝尼托躁动起来。

“傻货！傻货！”

---

① 安东尼奥的昵称。

艾洛迪娅出来看看发生了什么事。

“你怎么回事儿，贝尼托？难不成你……”

拉蒙在抽搐。她知道，在这种情况下，应该给他把呼吸机拿来，叫他吸上几口，好正常呼气。氧气面罩被他扔在了草坪上。拉蒙的肺里全是水。得用一个巨大的针筒把它抽出来，而艾洛迪娅得赶紧跑上去拿药，不然他会窒息的。她跪倒在了他的旁边。她按住了他挥舞着的手。

“傻货！傻货！傻货！”鹦鹉大叫着。

每天晚上艾洛迪娅都会点上一根蜡烛，只求拉蒙安息。

“照亮我吧，我的主。”

拉蒙睁开眼睛，一波肾上腺素涌了上来，他一下清醒了。

快帮帮我。

“我们在天上的父……”

光与声音如暴雨般袭来。贝尼托念诵着主祷文，艾洛迪娅高喊着“傻货”，而卡梅拉品尝着一碗香肠浓汤。

“愿你的旨意行在地上，如同行在天上……”

心脏搏动得是如此地剧烈，在意识中震响如同隆隆鼓声。一波内啡肽的巨浪将它冲翻在地。

“上帝啊，原谅我。”

艾洛迪娅握紧了拉蒙的手，以承受上帝无边的目光。原来她犯下的是这么重的罪吗？她很怕。她要尿出来了。她憋紧了肚皮。她知道，在给夫人打电话之前——那时一切都结束了——在拨出那十三位号码之前，她要先去次洗手间，坐在马桶圈上，一边尿着，一边演练那段话。夫人，我是艾洛迪娅。而唯一见证了事实的只有贝尼托：

“傻货！”

她会告诉卡梅拉，她听见贝尼托在吵，就出来了，一到花园，就见律师已经这样，很安详地睡了。在打给夫人之前，她要先喝一口水。她会哭着告诉她；扯着谎，也犯着罪。

艾洛迪娅哼哼起了这样那样的祈祷，而贝尼托则纪念起了拉蒙的一生。

“神的——傻货！——羔羊，除去世人罪孽的。——傻货！——只要你一句话，我的灵魂就医好了——扯蛋吧，傻货！”

拉蒙的嘴张开了，像只嗷嗷待哺的雏鸽。

Jorge Comensal
Las Mutaciones

图字:09-2022-0224 号

图书在版编目(CIP)数据

突变/(墨)豪尔赫·科门萨尔著;施杰译.—上海:上海译文出版社,2022.7
ISBN 978-7-5327-8965-8

Ⅰ.①突… Ⅱ.①豪… ②施… Ⅲ.①长篇小说-墨西哥-现代 Ⅳ.①I731.45

中国版本图书馆 CIP 数据核字(2022)第 062403 号

突变
[墨]豪尔赫·科门萨尔 著 施杰 译
特约策划/彭伦 责任编辑/刘岁月 装帧设计/李佳

上海译文出版社有限公司出版、发行
网址:www.yiwen.com.cn
201101 上海市闵行区号景路 159 弄 B 座
上海市崇明县裕安印刷厂印刷

开本 889×1194 1/32 印张 5.5 插页 2 字数 84,000
2022 年 9 月第 1 版 2022 年 9 月第 1 次印刷
印数:0,001—8,000 册

ISBN 978-7-5327-8965-8/ I · 5562
定价:56.00 元